Notlandung auf Takanawe

und fünf weitere Geschichten

Otto Maier Verlag
Ravensburg

Erstmals 1975 in den Ravensburger Taschenbüchern
Lizenzausgabe mit Genehmigung der
Herold Verlag Brück KG, Stuttgart

Umschlagentwurf und Zeichnungen: Dietrich Lange

Gesamtherstellung: Ebner Ulm
Printed in Germany

9 8 7 6 5 85 84 83 82 81

ISBN 3-473-39342-8

Inhalt

Wolfgang Ecke

Sein Name ist zu einem Begriff geworden für spannende Unterhaltung. Er hat mittlerweile das dritte „Goldene Taschenbuch" für drei Millionen verkaufte „Ravensburger Taschenbücher" erhalten.

Wolfgang Ecke über seine Kriminalgeschichten:

„Ich behaupte, es gibt keinen Kinder-Krimi! Es gibt nur Kriminalgeschichten, die als Lektüre für Kinder geeignet sind; wobei es unbedeutend ist, ob sie eigens für Kinder geschrieben wurden."

Wolfgang Ecke über sein Leben:

„Geboren dort, wo Karl May starb: in Radebeul, und zwar am 24. November 1927. Schulbesuch, da Pflicht. „Sehr gut" in Deutsch und Geographie. Alle übrigen Zensuren nicht überlieferungswürdig. Mit 13 Jahren in ein militärisches Internat. Außer Marschieren und Strammstehen auch Klavier, Schlagzeug und Fagott gelernt. Gelungener Versuch, den Krieg unbeschadet zu überleben. Danach Hochschule für Musik und Theater in Dresden. Bereits 1946 aus politischen Gründen von der Hochschule relegiert. Häufiger Wechsel der Geographie und der Berufe."
Heute ist Wolfgang Ecke ständiger Mitarbeiter bei vielen europäischen Radiostationen.
Er schrieb bisher einige Hundert Hörspiele, von denen unzählige, ebenso wie ein Großteil seiner über vierzig Bücher, in viele Sprachen übersetzt wurden.

In den Ravensburger Taschenbüchern sind neben mehreren Einzeltiteln bisher folgende Serien von ihm erschienen:

Wer knackt die Nuß?
Perry Clifton
Club der Detektive
Club der Detektive – Geschichten auf englisch
Wolfgang Ecke's Kriminalmagazin
Tom Knall und die Libelle

Wolfgang Ecke

Notlandung auf Takanawe

Die Personen:

Blanche Roberts, in jedem Fall eine mutige junge Dame.

Mike Bannister, 12 Jahre, vorlaut, neugierig, ideenreich. Der Schrecken der Umgebung und Meister im Weitspucken.

Kathrin Bannister, nett, freundlich, hilfsbereit. Trotzdem die Schwester von Mike.

Mister Samuel MacOnny, Inhaber der ‚Onnyland'-Spielzeugfabrik und Erfinder des singenden Bumerangs.

Mister David Popper, Geschäftsmann in Sachen Leder. Sehr dick und sehr redselig.

Mister Boon, nur ein Reisender (meinte man).

Mister Douglas Spyler, ein Pilot mit eigenem Flugzeug, das gelegentlich auch Menschen transportiert.

Miss Rill, eine pflichtbewußte, etwas ältere Dame, die sich für eine perfekte Sekretärin hält. (Ihr Gehalt zahlt Mister MacOnny.)

Fred und *Toni,* zwei Männer im Dienste der Wissenschaft.

Ich heiße Blanche Roberts, lebe in Sydney und übe den Beruf einer Fremdsprachenkorrespondentin aus.
Mein Chef heißt Mike Bannister senior und ist den größten Teil des Jahres unterwegs. Mister Bannister hat zwei Kinder. Mike ist 12 Jahre und Kathrin 13 Jahre alt. Hm ... eines Tages kam Mister Bannister auf die Idee, mich zu bitten, beide Kinder von Sydney nach Honolulu zu bringen. Aus einem mir heute noch unerklärlichen Grund sagte ich „Ja". Jeder, der Mike Bannister junior kennt, wird mir beipflichten, daß ich unbeschreiblichen Mut bewies, als ich zusagte. Denn Mike ist der Schrecken aller Verwandten, Lehrer, Pfarrer, Nachbarn, Pferde- und Getreidehändler, Zeitungsausträger und Stromableser. Sogar der Briefträger hat sich seinetwegen in einen anderen, wesentlich schwierigeren Bezirk versetzen lassen.
Ich träume noch heute manchmal von dieser Reise. Wenn ich dann aufwache, bin ich schweißgebadet.
Hier ist die Geschichte ... Sie begann im Flughafenrestaurant in Sydney ...

Mike: Sag, Blanche, kriegen wir einen Fallschirm?
Blanche: Nein, Mike. Das ist im Liniendienst nicht üblich.
Mike: Wieso Liniendienst ... Was meinst du mit Liniendienst?
Kathrin: Stell dich nicht so dumm. Blanche meint damit, daß es in Passagierflugzeugen keine Fallschirme gibt. Wozu willst du denn einen Fallschirm?
Mike: Was ist, wenn wir abstürzen?
Blanche: (beruhigend) Da brauchst du keine Angst zu haben, Mike. Unsere Maschine stürzt bestimmt nicht ab.
Mike: Wer hat denn gesagt, daß ich Angst habe. Ich will weiter nichts als einen Fallschirm haben.
Blanche: (ängstlich) Aber wozu denn? ... Du, Mike, ich hoffe, daß du mir im Flugzeug kein Theater machst.
Mike: (mault) Fast alle in meiner Klasse sind schon geflogen.

Blanche: Na also . . .

Mike: Aber noch keiner mit einem Fallschirm. Stell dir vor, Blanche, ich wäre der Erste . . .

Blanche: Mike!!!

Mike: (gelangweilt) Schon gut . . . dann kauf mir wenigstens noch eine Limonade.

Blanche: Meinetwegen . . . ich möchte nur wissen, wohin du das alles trinkst. Das ist jetzt die siebente.

Mike: Wenn wir erst in Honolulu sind, werde ich mal eine ganze Flasche Limonade kochen. So richtig auf dem Feuer, weißt du . . .

Blanche: (seufzt) Du lieber Himmel, warum denn das?

Mike: Ich möchte nur sehen, ob sie auch eine Haut wie Milch bekommt.

Blanche: (lacht) Das kannst du dir sparen, Mike. Sie bekommt garantiert keine Haut!

Mike: Ehrenwort?

Blanche: Ehrenwort!!

Mike: Na schön. Wenn ich keine Limonade kochen soll, dann will ich wenigstens einen Fallschirm.

Blanche: (bestimmt) Jetzt hör endlich auf. Du bringst mich mit deinen verrückten Einfällen noch um den Verstand . . .

Bereits zu diesem Zeitpunkt wußte ich, daß ich mit meiner Zusage einen nicht wiedergutzumachenden Fehler begangen hatte. Dabei mochte ich Mike wirklich sehr gern. Auch seine Schwester war mir ans Herz gewachsen. Doch was half das alles. Mike Bannister war nicht mehr zu bremsen. Als wenige Minuten später ein Zeitungsverkäufer vorüberging und etwas über einen Bankraub ausrief, war Mike plötzlich ganz Ohr . . .

Zeitungsverkäufer: (sich entfernend) Sensationeller Bankraub bei Slattery und Slattery. 50 000 Pfund erbeutet . . . Sensationeller Einbruch in die Slattery-Bank . . .

Mike: Blanche, würdest du mir bitte 10 Pence geben?!

Blanche: Was willst du denn schon wieder kaufen?

Mike: Nur eine Zeitung.

Blanche: Das ist ja was ganz Neues. Unser Mike interessiert sich für Zeitungen.

Kathrin: (spöttisch) Er muß doch lesen, was sie über den sensationellen Bankraub schreiben.

Blanche: Aha, aus dieser Ecke weht der Wind. Nein, mein Lieber, diese Art von Lektüre werde ich nicht unterstützen. He, Mike, wo willst du denn hin?

Mike: (entschlossen) Ich werde den Zeitungsmann fragen, ob er mir eine Zeitung schenkt. Und wenn er mich fragt warum, werde ich mit ausgestrecktem Zeigefinger auf dich zeigen. Und alle Leute werden sich nach dir umdrehen ...

Blanche: (stöhnt) Hier hast du 10 Pence ...

Mike: (strahlt) Danke, Blanche, du bist wirklich eine gute, anständige Haut ...

Blanche: (schluckt) Oh, Kathrin ... warum ist Mike nicht auch ein Mädchen geworden ... Ich möchte nur wissen, woher er all diese furchtbaren Ausdrücke hat ...

Kathrin: Na, von seinen Schulfreunden ... Hast du noch nie sein Spitznamen-Lexikon gesehen?

Blanche: Nein. Was ist das?

Kathrin: Da stehen nur Spitznamen drin. Jeder in seiner Klasse hat so ein Ding. Und wenn einem etwas einfällt, gibt er es vor der ganzen Klasse bekannt, und alle schreiben sie es dann in ihr Lexikon. Ich glaube, daß das eine Erfindung von Mike war ...

Blanche: Das sieht ihm ähnlich ... (neugierig) Was stehen denn für Spitznamen drin?

Kathrin: Weil Tante Jenny eine kleine, dicke Nase hat, heißt sie ‚Knollen-Lady'. Und den Hausmeister nennen sie ‚Radar-Emil'. Mrs. Capp ist ein ‚Asphaltflitzer' und Mister Long ...

Blanche: Hör auf, Kathrin, es reicht ... Da, sieh dir deinen Bruder an. Er strahlt wie zu Weihnachten ...

Mike: (näher kommend) Das ist schon 'ne tolle Kiste. Hört nur, was die hier schreiben . . .: Wie wir aus gut unterrichteter Quelle erfahren, sind der oder die Räuber durch das Nachbargrundstück in die Slattery-Bank eingedrungen.

Blanche: (heftig) Mußt du so schreien, Mike!!??

Mike: (leiser) Der einzige Hinweis auf den Täter ist ein Messingknopf, der offensichtlich von einem blauen Herrenjackett stammt. Wie wir weiter erfahren konnten, besteht die Beute durchweg aus Banknoten mittlerer und kleinerer Werte. Zu ihrem Abtransport dürften mindestens drei Koffer notwendig gewesen sein . . . Na, Blanche, was sagst du da?

Blanche: Nichts!!

Mike: Was denkst du, wieviel Belohnung man bekommt, wenn man die Diebe fängt?

Blanche: Ich weiß es nicht und es interessiert mich nicht.

Mike: (gedehnt) Fünfzigtausend Pfund . . . das ist bestimmt eine Menge Geld . . . (entschlossen) Ich werde ab jetzt genau aufpassen . . . Blaues Jackett, Messingknöpfe und drei Koffer. Vielleicht erwische ich den Bankräuber . . .

Ich ahnte, daß mir Mikes Interesse an dem Bankraub noch manche schlimme Minute bescheren würde. Und die erste Hitzewelle stieg mir in den Kopf, als ich einen kleinen, sehr korpulenten Mann sich auf unseren Tisch zuwälzen sah. Auch Mike starrte ihm wie gebannt entgegen . . . der Mann trug ein blaues Jackett . . .

Popper: (asthmatisch) Darf ich hier Platz nehmen, Madam?

Blanche: Bitte . . .

Popper: (redselig) Bin noch ganz außer Puste . . . ich dachte schon, ich schaff's nicht mehr.

Mike: Wieso . . . Sind Sie auf der Flucht?

Blanche: (entsetzt) Mike!!!

Popper: (verdattert) Wieso auf der Flucht?

Blanche: Bitte, nehmen Sie es nicht ernst. Es war nicht so gemeint, Mister ...

Popper: (eifrig) Soso .. ä ... darf ich mich vorstellen. David Popper. Großhandel, Export und Import von Lederwaren.

Blanche: Ich bin Blanche Roberts.

Mike: Und ich heiße Mike Bannister ... Und das hier ist meine Schwester Kathrin ... Und Blanche ist keine Madam sondern eine Miß!

Popper: Angenehm ... angenehm ... bist wohl ein heller Junge ...

Kathrin: Zu hell, Mister Popper. Mein Bruder ist kaum abzustellen, wenn er erst einmal richtig warmgelaufen ist.

Popper: (lacht) Hohohohoho ... wie wär's denn mit einer Portion Eis?

Mike: Vanilleeis, bitte ...

Blanche: Sehr liebenswürdig, Mister Popper. Aber dazu wird die Zeit nicht mehr reichen ...

Mike: Probieren wir es doch. Es könnte ...

Stimme im Lautsprecher: (Hall) Achtung – Achtung. Die Passagiere für Flug 112 nach Honolulu werden zu Ausgang A gebeten. Die Maschine startet planmäßig um 17 Uhr. Ich wiederhole: Die Passagiere für Flug 112 nach Honolulu werden zu Ausgang A gebeten.

Blanche: Das ist unser Flug, Mister Popper, es tut mir leid ...

Popper: Aber das braucht Ihnen nicht leid zu tun. Das ist auch mein Flug ...

Mike: Sie fliegen auch nach Hawaii?

Popper: Nein. Ich fliege nur bis Nandi ... Ich habe geschäftlich auf den Fidschi-Inseln zu tun ... Na, dann wollen wir mal ...

Mister David Popper war wie eine Klette. Er ließ sich nicht abschütteln. Mein Versuch zu verhindern, daß er sich in

Mikes Nähe niederließ, schlug gründlich fehl. Genau das Gegenteil traf ein: Mit einem abgrundtiefen Seufzer quetschte sich der Lederhändler ahnungslos auf den Sitz neben Mike. Hatte ich zuerst geglaubt, mein Schützling habe das Interesse an seinem Nachbarn verloren, so wurde ich recht bald eines Besseren belehrt . . .

Mike: Sie haben ja gar keinen Koffer, Mister Popper.
Popper: Alle drei aufgegeben!
Mike: (verschluckt sich vor Aufregung, dann) Drei??
Popper: Ja, drei! Warum?
Mike: Oh, nur so . . . Fehlt Ihnen an Ihrem Jackett vielleicht zufällig ein Knopf?
Popper: (mißtrauisch) Hm . . . ein Knopf? Wenn du mir keinen abgedreht hast, müßte ich eigentlich noch alle haben . . . Sag mal, was führst du denn im Schilde? Willst du den alten Popper aufs Glatteis führen?
Mike: Es fehlt Ihnen also kein Knopf!?
Popper: Nein.
Mike: Aber drei Koffer haben Sie!
Popper: Na und?
Mike: Lesen Sie denn nie Zeitung?
Popper: Heute noch nicht . . . Gab's denn was Besonderes?
Mike: Den Bankraub bei Slattery. 50 000 Pfund haben die Diebe erbeutet . . . Alles in kleinen Scheinen. Drei Koffer sind voll geworden . . .
Popper: (breit) Jetzt versteh ich. Du hältst den alten Popper für einen Bankräuber . . . Du, das ist nicht sehr schmeichelhaft . . .
Mike: (sachlich, unbeeindruckt) Sie haben drei Koffer, ein blaues Jackett und hatten es eilig, auf den Flugplatz zu kommen. Ist das nicht verdächtig?
Popper: Hm . . . du könntest recht haben. Und doch stimmt das Wichtigste nicht, mein Sohn.
Mike: Was meinen Sie damit?
Popper: Ganz einfach: Mir fehlt kein Knopf!!

Mike: Den könnten Sie sich ja inzwischen angenäht haben. Aber vielleicht sind Sie es wirklich nicht gewesen ... Ich habe auch schon einen neuen Verdacht.

Popper: Donnerwetter, das geht schnell bei dir ... (flüstert) Wer ist es?

Mike: (leise) Vorn in der Maschine sitzt noch ein Mann mit einem blauen Jackett!

Popper: Ah, verstehe ... du meinst den Grauhaarigen mit der Sonnenbrille?

Mike: (eifrig) Ja, den meine ich ...

Popper: (lacht kichernd) Weißt du, wer das ist? Das ist Mister Samuel MacOnny. Direktor und Inhaber der Spielzeugfabrik ‚Onnyland'.

Mike: ‚Onnyland'? Von dort kommen doch auch die singenden Bumerangs.

Popper: Stimmt. (tut sehr sachlich) Also ehrlich, Mike. Wenn du mich fragst ... Ich glaube nicht, daß der was mit dem Bankraub zu tun hat ...

Ich war sehr froh, daß Mister Popper Mike nicht ernst nahm. Ehrlich gesagt, ich hätte ihm gar nicht soviel Humor zugetraut.
Bis Auckland geschah dann eigentlich nichts Aufregendes mehr. Um so überraschter waren wir ein wenig später ... Wir warteten bereits auf den Start nach dieser Zwischenlandung, als man uns mitteilte, daß die Maschine einen Defekt habe. Mit sehr gemischten Gefühlen marschierten wir allesamt zur Abflughalle, wo uns ein Angestellter der Fluggesellschaft erklärte ...

Angestellter: Meine Gesellschaft ist bemüht, eine Ersatzmaschine herbeizuschaffen. Allerdings kann es bis zu ihrem Eintreffen sehr spät werden.

MacOnny: (ruft ärgerlich) Und wer kommt für die geschäftlichen Verluste auf?

Angestellter: Ich glaube, daß das eine Angelegenheit für die Versicherung ist, Sir!

Popper: Und warum ist die Ersatzmaschine nicht eher hier? Muß sie erst noch gebaut werden?

(vereinzelte Lacher)

Angestellter: Unsere Gesellschaft führt zur Zeit einen größeren Charterauftrag durch ... Sie können selbstverständlich auch auf unsere Kosten ein Hotel aufsuchen und ihre Reise mit der Frühmaschine fortsetzen ... Bitte, geben Sie mir bekannt, für welche Möglichkeit Sie sich entscheiden.

(Gemurmel der Versammelten)

Kathrin: Was machen wir jetzt, Blanche?

Mike: Ich würde in ein Hotel gehen!

Blanche: Ich schlage vor, daß wir auf die Ersatzmaschine warten.

Mike: Möchte nur wissen, was an unserer Kiste kaputt war. Ich habe nichts bemerkt ...

Blanche: Bleibt mal hier. Ich gehe nur schnell zum Postschalter und gebe ein Telegramm an euren Vater auf ... (abgehend) Daß du nicht wegläufst, Mike ...

Mike: (murmelt erbost) Sie tut, als ob ich noch ein Baby wäre. (interessiert) He, sieh nur, Kathrin, wie unser dicker Mister Popper auf Mister MacOnny einredet.

Kathrin: Woher weißt du denn, wie der Mann heißt?

Mike: Mister Popper hat es mir gesagt ... ich werd mich mal ein bißchen anschleichen.

Kathrin: Hast du vergessen, was Blanche gesagt hat?

Mike: (abgehend) Bin gleich wieder da ...

MacOnny: ... Verdammt, jetzt weiß ich, wo ich Sie hinstecken soll. Haben Sie nicht was mit Leder zu tun?

Popper: (erfreut) Stimmt, Mister MacOnny. Mein Name ist David Popper ...

MacOnny: Also gut, Mister Popper, welchen Vorschlag wollten Sie mir machen?

Popper: Sie sagten doch vorhin, daß Sie so schnell wie möglich auf die Fidschis müßten.

MacOnny: Ja, das sagte ich. Dieser Zwangsaufenthalt kann mich unter Umständen 10 000 Pfund kosten.

Popper: Sehen Sie, ich habe es ebenso eilig. Nur fehlen mir die notwendigen Barmittel, um den Aufenthalt hier abzukürzen.

MacOnny: (ungeduldig) Nun spucken Sie's schon aus, auf was Sie hinauswollen.

Popper: Ich kenne hier in Auckland einen Mann namens Douglas Spyler. Er besitzt eine zweimotorige Maschine. Sie ist zwar nicht der letzte Schrei der Technik, aber ich glaube doch, daß Pilot und Maschine sehr zuverlässig sind. Sie könnten sie chartern.

MacOnny: Okay, rufen Sie diesen Spyler an . . . Stop, wie hoch ist Ihre Vermittlungsgebühr?

Popper: Sie nehmen mich, eine junge Dame und zwei Kinder noch mit.

MacOnny: (erstaunt) Aber ich habe noch eine Sekretärin dabei.

Popper: Macht nichts. Die Maschine hat sechzehn Sitzplätze . . . Also, Mister MacOnny, dann rufe ich jetzt Douglas Spyler an . . .

Ich kam gerade vom Postschalter zurück, als ich sah, wie sich Mister Popper zu Kathrin und Mike gesellte. Ich selbst war noch einige Meter entfernt, als mich der gute Popper entdeckte. Mit strahlenden Augen und vor Aufregung nach Luft schnappend, kam er mir entgegen . . .

Popper: Ah, da sind Sie ja, Miß Blanche. Ich habe eine Neuigkeit für Sie . . . Mister MacOnny hat soeben eine Maschine gechartert. Ich habe ihn gebeten, uns vier mitzunehmen. Es klappt. In Nandi bekommen Sie dann auch sicher schnell eine Anschlußmaschine . . .

Blanche: Aber das wird doch zusätzliche Kosten verursachen.

Mike: (altklug) Das ist Vermittlungsgebühr.

Popper: (erstaunt) Das stimmt, wahrhaftig ... (mit erhobenem Zeigefinger) Verstehe, ein bißchen gelauscht, was?

Blanche: Mike ... hast du wirklich gelauscht?

Mike: (tut harmlos) Wieso gelauscht, Blanche ... ich bin zufällig vorbeigegangen.

Popper: Ist ja nicht so wichtig. Ich würde aber empfehlen, daß Sie jetzt die Koffer holen. In einer halben Stunde wollen wir starten ...

25 Minuten später trafen wir auf dem kleinen Privatflugplatz ein, wo Douglas Spyler seine zweimotorige Maschine schon aufgetankt hatte. Außer David Popper und uns drei waren noch Mister MacOnny, Miß Rill und ein gewisser Mister Boon mit von der Partie. Miß Rill wurde uns als MacOnnys Sekretärin vorgestellt. Sie war schon älter, sehr hager und sehr schweigsam. Die Unterbringung in der Maschine war alles andere als komfortabel. Da Mister Spyler in letzter Zeit nur Fracht geflogen hatte, gab es keine Sitze, und wir hockten mehr schlecht als recht auf dem Boden. Bis auf Mister MacOnny. Der hatte vorne im Cockpit Platz gefunden und saß wesentlich bequemer. Aber das war schließlich sein Recht.

Zwei Stunden vergingen.

Draußen war es inzwischen stockfinster geworden. Plötzlich merkte ich, wie sich Mike an mich heranschob ...

Mike: (leise) Ist dir vorhin nichts aufgefallen, Blanche?

Blanche: (ebenso) Was soll mir denn aufgefallen sein?

Mike: Mister MacOnny hat drei Koffer!

Blanche: (ärgerlich) Fängst du schon wieder an? Mike?!

Mike: Er trägt ein blaues Jackett ... Und ich habe genau gehört, was er zu Miß Rill gesagt hat, bevor er nach vorn ging.

– – –
(ungeduldig) Nun frag doch schon, was er zu Miß Rill gesagt hat.

Blanche: Ich will es nicht wissen, Mike.

Mike: Er hat gesagt: (imitiert) „Miß Rill, lassen Sie die Koffer keine Sekunde aus den Augen, verstanden! Keine Sekunde!"

Blanche: Ich sagte doch eben, daß ich es nicht wissen will.

Mike: Du wirst eben nie ein richtiger Kriminalist werden!

Mike rutschte tief enttäuscht wieder weg von mir und hockte sich so hin, daß ihm keine Bewegung Miß Rills entging. So verstrich wieder einige Zeit. Keiner sprach ein Wort, und keiner ahnte, was sich in diesen Minuten vorn im Cockpit abspielte . . .

MacOnny: Was ist los, Mister Spyler?

Spyler: (gepreßt) Was soll schon los sein . . .?

MacOnny: Ich beobachte Sie seit einiger Zeit . . . (ahnungsvoll) Spyler, stimmt was mit der Maschine nicht?

Spyler: (zischt) Schreien Sie doch nicht so!

MacOnny: Die Klappe ist zu. Keiner hört uns . . . also, was ist los?

Spyler: Hier . . . wissen Sie, was das ist?

MacOnny: Teufel, nein. Ich bin schließlich kein Pilot.

Spyler: Das ist ein Höhenmesser.

MacOnny: Er zeigt über 3200 an . . .

Spyler: Vor einer Viertelstunde waren wir noch auf über 6000.

MacOnny: (erschrocken) Soll das heißen . . .

Spyler: Das soll heißen, daß das Höhenruder klemmt . . . verdammt, und ich kann nichts machen. Seit einer Viertelstunde verlieren wir ständig an Höhe.

MacOnny: (schluckt) Aber es muß doch eine Möglichkeit geben.

Spyler: Anhalten, aussteigen und nachsehen. Aber in der Luft kann man nicht anhalten ... In zwanzig Minuten sind wir unten, Sir!

MacOnny: Sind Sie wahnsinnig ... Unter uns ist das Meer ...

Spyler: Hier spricht X 12/4 ... hier spricht X 12/4 ... Ich rufe NPO ... ich rufe NPO ... bitte kommen ...

Stimme: Hier spricht NPO, sprechen Sie X 12/4.

Spyler: Hier spricht Pilot Spyler, Flug 8872 Auckland-Nandi. Ich habe Defekt am Höhenruder und verliere ständig an Höhe. Ich habe acht Passagiere an Bord. Versuche Notlandung auf Suba-i. Ende.

MacOnny: (entsetzt) Eine Notlandung in dieser Finsternis? Das bedeutet unseren sicheren Tod.

Spyler: Den sicheren Tod bedeutet es, wenn wir ins Meer stürzen

MacOnny: Wie wollen Sie denn in der Dunkelheit eine Insel finden. Und gar noch den Flugplatz dieser Insel?

Spyler: Es ist Vollmond. Vielleicht haben wir Glück und erwischen einen Moment, wo er hinter den Wolken vorkommt. Außerdem kenne ich die Gegend ziemlich gut ...

MacOnny: Aber einen Flugplatz zu finden ...

Spyler: Wir brauchen keinen Flugplatz. Wir landen auf dem Sandgürtel des Küstenstreifens ...

MacOnny: (tonlos) Wollen Sie es den anderen sagen?

Spyler: Es bleibt uns nichts weiter übrig. Sie müssen sich auf den Boden legen ...

MacOnny: Nur noch 2850 ...

Spyler: Schieben Sie bitte die Klappe zurück ...

Ja, und dann erklärte uns Mister Spyler unsere Lage. Er tat es mit einer Stimme, als handle es sich um die Ankündigung einer harmlosen Ruderpartie. Nach seinen Worten herrschte zunächst Totenstille. Dann machte sich das Entsetzen Luft. Schluchzen und Schimpfen erfüllte für Augenblicke die Enge der Kabine. Doch ebenso schnell verebbte das Durcheinander der Stimmen wieder. Die Vernunft behielt die Oberhand. Mike und Kathrin waren der Aufforderung, sich lang auf den Boden auszustrecken, zuerst nachgekommen. Ich bugsierte mich in ihre Mitte und zwang mich, an nichts zu denken, obgleich mir das Herz bis zum Hals hinauf schlug. Immer wieder ertappte ich mich dabei, wie ich angespannt auf die Geräusche der Motoren achtete und dabei vor lauter Angst das Luftholen vergaß.

Endlos dehnten sich die Minuten.

Und dann geschah es ... Es gab einen fürchterlichen Schlag ... und kaum Zeit genug, schnell Atem zu holen ... ein zweiter Schlag. Die Maschine rumpelte, schwankte, bebte ... und stand ... Einer nach dem anderen kletterten wir wenig später aus der Maschine. Und natürlich war es Mike, wie könnte es auch anders sein, der zuerst seine Stimme erschallen ließ ...

Mike: (begeistert) Stell dir vor, Kathrin, was die Jungen in meiner Klasse sagen werden, wenn ich ihnen erzähle, daß ich eine Notlandung gemacht habe.

Boon: (bissig) Du solltest dir lieber zum Geburtstag gratulieren lassen!!

Mike: Wieso, ich habe doch erst in zwei Monaten.

Spyler: Bitte, hören Sie mir zu ... Ich werde jetzt nach Auckland durchgeben, daß wir auf Suba-i gelandet sind, und daß ich das verklemmte Höhenruder selbst reparieren kann. Ich schätze, daß wir unseren Flug bei Morgengrauen fortsetzen können ...

Doch es sollte anders kommen.

Zunächst machte sich Douglas Spyler an die Reparatur des verklemmten Höhenruders.

Mister Popper, der seine Fassung und seine Redseligkeit wiedergewonnen hatte, gab sich alle erdenkliche Mühe, uns zu unterhalten. Doch keiner fand sonderlichen Gefallen daran. Als er sich Schuhe und Strümpfe auszog, die Hosen hochkrempelte und zaghafte Schritte in Richtung Brandung machte, stieß Miß Rill einen spitzen, sehr empörten Schrei aus. Das störte Mister David Popper absolut nicht. Ganz anders jedoch reagierte er, als Mike plötzlich aus Leibeskräften schrie: „Ein Hai, Mister Popper!" Da kam Leben in die kleine, rundliche Gestalt. Er explodierte förmlich im Wasser, so schnell war seine Kehrtwendung. Und mit einem heiseren „Huhu" durchpflügte er das Wasser zum rettenden Ufer hin.

Immer öfter geschah es dann, daß sich der Mond hinter dichten Wolkenbänken verkroch. Und dann war es wiederum Mister Spyler, der uns eine neue Situation ankündigte.

Spyler: Ich wäre Ihnen dankbar, meine Herren, wenn Sie mir helfen könnten, die Maschine zu verankern . . .

Popper: (versucht zu scherzen) Denken Sie an Diebe, Mister Spyler?

Spyler: Wir bekommen Sturm. Wahrscheinlich gibt es sogar ein Gewitter.

Popper: Wäre das schlimm?

Spyler: Es könnte schlimm werden. Deshalb schlage ich auch vor, daß wir uns bald auf den Weg machen. Ungefähr in der Mitte der Insel soll auf einer ehemaligen Missionsstation ein gastfreundlicher Maler wohnen.

MacOnny: Und was wird aus dem Gepäck?

Spyler: Das kann in der Maschine bleiben, Mister MacOnny.

MacOnny: (entschlossen) Auf gar keinen Fall! Meine Koffer lasse ich nicht hier.

Spyler: (spöttisch) Bitte, Sir, es ist Ihr Vergnügen.

Es gab weder Weg noch Pfad. Trotzdem kamen wir zuerst ganz gut vorwärts. Ringsherum herrschte eine geisterhafte

Stille, die nur von unseren Schritten oder dem gelegentlichen Kreischen und Flügelschlagen aufgescheuchter Tiere unterbrochen wurde. Begleitete uns in der ersten Zeit des Marsches noch das einschläfernde Geräusch der Brandung, so wurde auch das immer leiser und verschwommener, bis es schließlich nicht mehr zu hören war.
Douglas Spyler, mit einer starken Lampe ausgerüstet, bildete die Spitze. David Popper, ebenfalls mit einer Stablampe in der Hand, den Schluß. Dazu trug er noch einen Koffer. Auch Mister MacOnny schleppte zusammen mit Miß Rill an seinem Gepäck.
Nach ungefähr 45 Minuten wurden unsere Bewegungen langsamer und mühevoller. Und dann kam der Augenblick, wo Mister MacOnny stöhnend erklärte:

MacOnny: (stöhnend, keuchend) Bis hierher und keinen Schritt weiter. Ich gehe nicht einen einzigen Zentimeter mehr . . .

Spyler: Nach meinen Berechnungen müßten wir die ehemalige Station bald erreicht haben, Mister MacOnny!

MacOnny: (entschieden) Ich halte Sie nicht auf . . . Es ist so warm, daß wir auch hier den neuen Tag abwarten können.

Blanche: Ich wäre auch dafür, Mister Spyler.

Popper: Okay, meine Herrschaften, gehen wir schlafen.

Miß Rill: (ängstlich) Und wer schützt uns vor wilden Tieren?

Spyler: Da können Sie unbesorgt sein. Hier gibt es nur Tiere, die sich vor Ihnen fürchten.

Mike: Haben Sie ein Gewehr, Mister Spyler?

Spyler: Ein Gewehr . . . wozu?

Mike: Dann könnten Sie irgendwas schießen, was wir nachher am Lagerfeuer braten könnten.

Spyler: (lächelnd) Du liest zu viele Abenteuerbücher, mein Junge. Ich kenne keinen Jäger, der nachts auf die Jagd geht.

Boon: Vergessen Sie die Wilddiebe nicht, Mister Spyler!

Spyler: Stimmt ... Die hatte ich wirklich vergessen ... (Schnarchen wird laut)

Mike: Das ist bestimmt Mister Popper ...

Blanche: Mike, du sollst nicht immer so vorlaut sein.

Boon: Dieser Popper ist wirklich zu beneiden. Fällt um und schnarcht. Nun ja, versuchen wir es ihm nachzutun.

Miß Rill: (empört) Was erlauben Sie sich, Mister Boon. Ich schnarche niemals.

Boon: (hantierend) Ist mir auch recht!

Spyler: Ich werde auf alle Fälle versuchen, die alte Missionsstation zu finden.

Miß Rill: Ja, wollen Sie denn nicht schlafen?

Spyler: Nein. Ich bin noch nicht müde. Außerdem befürchte ich, daß wir doch mit einem Gewitter rechnen müssen.

MacOnny: (mürrisch) Von mir aus ... Suchen Sie ruhig Ihren Maler ...

Bis auf Mister Spyler machten wir es uns auf dem Boden so bequem wie möglich, und bald verkündeten tiefe Atemzüge, daß die ersten eingeschlafen waren. Nur Mike, der dicht neben mir lag, wälzte sich unruhig hin und her ...

Blanche: (flüstert) Mike?

Mike: (ebenso) Ja?

Blanche: Warum schläfst du nicht?

Mike: Ich kann nicht ... ich muß nachdenken.

Blanche: Du hast recht. Wir haben alle recht viel Glück gehabt.

Mike: (ungeduldig) Das meine ich doch nicht ...

Blanche: Was meinst du dann?

Mike: Du erinnerst dich doch noch an die Zeitungsmeldung von dem Bankraub ...

Blanche: (verärgert) Mike!!!

Mike: Der Täter soll ein blaues Jackett mit Messingknöpfen getragen haben ... Mister MacOnny hat so ein Jackett an ... Und drei Koffer hat er auch ... Und hast du gehört, wie er sagte, daß er sie nicht eine Minute allein lassen wolle?

Blanche: (entschieden) Gute Nacht, Mike!!

Mike: (trotzig) Gute Nacht ... Ich werde es euch schon zeigen ... Ihr könnt eben alle nicht kombinieren ...

Ich drehte mich auf die andere Seite und überließ Mike seinen eigenen Gedanken. Lange lag ich so und lauschte dem Flüstern des Dschungels, der gar nichts Geheimnisvolles und Gefährliches an sich hatte.

Nach einiger Zeit merkte ich, wie ein leichter Wind das Blattwerk der Baumwipfel zum Rascheln brachte. Und dann war ich plötzlich eingeschlafen ... Ich träumte von Flugzeugen, Fischen und von einem Papagei, der pausenlos „Aufwachen" rief. Ich fühlte, wie ich hin- und hergeschleudert wurde. Immer deutlicher wurde das Rufen. Und dann war ich doch schlagartig munter und sah über mir Kathrins ängstliche Augen ...

Kathrin: Endlich bist du wach, Blanche ... Hörst du denn nicht den Sturm. Ich glaube, es gibt ein furchtbares Gewitter ...

Kathrin hatte recht. Im Nu war ich hellwach. Der Sturm wurde von Minute zu Minute heftiger, und im Schein der aufzuckenden Blitze sah ich, daß die anderen ebenfalls alle aufgerichtet dasaßen. Fast ohne Pause fuhren die Blitze hernieder, während der Sturm langsam zu einem Orkan wuchs. So vergingen die nächsten fünf Stunden. Endlich ließ der Sturm nach, und wir atmeten auf. Zu unserem großen Glück hatte es nicht auch noch geregnet.

Douglas Spyler war noch immer nicht zurück. Eine Tatsache, die Mister MacOnny zu einigen bissigen Bemerkungen

veranlaßte. Dabei war er nicht der einzige, der ein mürrisches, übernächtiges Gesicht zur Schau trug.
Und dann, ganz plötzlich, stand Douglas Spyler vor uns. Auch er sah übernächtig und erschöpft aus ...

MacOnny: Hallo, Mister Spyler, auch mal wieder da ... ich schätze, daß es unter dem Dach des Malers angenehmer war als hier ...

Spyler: (matt) Leider irren Sie sich, Mister MacOnny. Es gibt auf dieser Insel keinen Maler ...

MacOnny: (wegwerfend) Was heißt irren ... die Information stammt schließlich von Ihnen.

Spyler: Ich sagte das in der Annahme, daß wir auf der Insel Suba-i gelandet seien.

MacOnny: (mißtrauisch) Wie soll ich das verstehen, Spyler?

Boon: Soll das etwa heißen, daß wir gar nicht auf Suba-i sind?

MacOnny: Unsinn ...

Spyler: Leider kein Unsinn, Sir. Es deutet alles darauf hin, daß wir uns auf der Insel Takanawe befinden ...

MacOnny: Meinetwegen ... sehen wir zu, daß wir fortkommen. Oder können Sie auf dem Sand von Takanawe nicht starten?

Spyler: Da ist noch etwas ... als ich feststellte, daß es nicht Suba-i ist, bin ich zum Strand, um die neue Position an die Kontrollstelle durchzugeben ... Tja ...

Blanche: Ja, und ...?

Popper: (versucht zu scherzen) Hat doch jemand die Maschine gestohlen?

Spyler: (leise) Die Maschine ist zerstört ... Der Sturm hat sie aus der Verankerung gerissen ...

Blanche: Du lieber Himmel, unser Gepäck ...

Spyler: Das Gepäck ist da, Miß Blanche ... Die Maschine wurde nicht ins Wasser geschleudert. Leider ist das Funkgerät demoliert ...

Miß Rill: (weinerlich) Was bedeutet das, Mister Spyler?

Spyler: Das bedeutet, daß wir niemanden von unserem Hiersein verständigen können ... Wir sitzen fest, Miß Rill!

MacOnny: (wütend) Zum Teufel mit Ihnen, Popper. Ihnen habe ich dieses Vergnügen zu verdanken ... Ich habe noch Ihre liebenswerte Stimme im Ohr, als sie prahlerisch etwas von einem zuverlässigen Piloten und einer zuverlässigen Maschine faselte ... Die Maschine hat einen Defekt und der Pilot landet auf einer falschen Insel ... Und das nennen Sie zuverlässig ...

Spyler: Es ist eine Kette unglücklicher Umstände, Sir. Und mit Geschrei schaffen Sie diese auch nicht aus der Welt.

Popper: (zerknirscht) Tut mir leid, Mister MacOnny ... Aber das konnte schließlich niemand ahnen.

Blanche: Ich meine auch, daß Sie Mister Popper Unrecht tun.

MacOnny: Was machen wir jetzt, Spyler? Wie soll die Welt jemals erfahren, daß wir hier auf dieser verdammten Insel sitzen ...

Boon: Ist denn Takanawe völlig unbewohnt?

Spyler: Vor Jahren gab es hier eine Wetterstation. Ich habe allerdings keine Ahnung, ob sie noch existiert, und wenn ja, in welcher Richtung sie zu suchen wäre.

MacOnny: Dann bleibt uns nichts weiter übrig, als das festzustellen.

Spyler: Einverstanden! Am besten ist es, wenn wir uns trennen und in verschiedene Richtungen gehen.

Blanche: Und unsere Koffer?

Spyler: Die liegen im Flugzeug gut. Und das Gepäck hier lassen wir ebenfalls zurück.

MacOnny: (entschieden) Meine Koffer bleiben nicht ohne Aufsicht. Miß Rill, Sie bleiben hier und passen auf!!

Miß Rill: (entsetzt) Allein? Ich soll hier allein zurückbleiben?

MacOnny: Es ist niemand da, der Ihnen was tut. Stellen Sie sich nicht so an.

Mike: (gönnerhaft) I c h bleibe bei Ihnen, Miß Rill!

MacOnny: Na also, damit wäre das Problem ja bereits gelöst.

Popper: (lacht) Einen besseren Beschützer können Sie sich gar nicht wünschen ...

MacOnny: Und passen Sie mir gut auf die Sachen auf!

Miß Rill: (leise, ängstlich) Ja, Mister MacOnny!

MacOnny: (gibt sich freundlich) Kopf hoch, Rillie! Irgendwann kommen wir schon wieder nach Sydney zurück ... Und wenn es erst in zehn Jahren ist ...

Damals glaubte ich tatsächlich, Mike bleibe aus Mitleid bei der ängstlichen Miß Rill zurück. Hätte ich geahnt, welche Verrücktheit er im Schilde führte, hätte ich mich der Suchexpedition sicher nicht angeschlossen.

Mister MacOnny sollte den westlichen Teil der Insel absuchen, Mister Boon den östlichen, Douglas Spyler den nördlichen, während David Popper den Süden zugeteilt bekam. Kathrin und ich schlossen uns Mister Popper an, weil wir hofften, am Flugzeug vorbeizukommen.

Es wurde ausgemacht, daß wir uns alle spätestens in fünf Stunden am Lagerplatz wiedertreffen wollten. Voller Hoffnung zogen wir los.

Doch bereits nach einer knappen halben Stunde hatten wir drei uns rettungslos verlaufen. Mister Popper rann der Schweiß in dicken Bahnen über das Gesicht, wobei es nicht auszumachen war, ob es sich um Angstschweiß handelte, oder ob er auf die Anstrengung zurückzuführen war. Unsere Stimmung sank weit unter den Nullpunkt ...

Während wir suchend umherirrten, gab sich Mike redliche Mühe, Miß Rill aus ihrer Position zu locken. Das heißt: weg von den drei Koffern.

Mike: (tut harmlos) Wollen wir ein Spiel machen, Miß Rill?

Miß Rill: (mißtrauisch) Ein Spiel? Was für ein Spiel?
Mike: Na, irgendeins. So herumsitzen und nichts sagen, ist doch langweilig. Wie bei Beethoven.
Miß Rill: Was hat Beethoven mit Langeweile zu tun?
Mike: Weiß ich nicht. Ich weiß nur, daß wir in der Schule nie was sagen dürfen, wenn in der Musikstunde Beethoven gespielt wird. Wollen wir ‚Verstecken' spielen?
Miß Rill: ‚Verstecken'?
Mike: Ja. Sie verstecken sich, und ich suche.
Miß Rill: (resolut) Kommt nicht in Frage.
Mike: Weiß schon, wegen der Koffer ... oder warum sonst?
Miß Rill: Ich sagte, kommt nicht in Frage. Mister MacOnny hat mir ausdrücklich gesagt, daß ...
Mike: Ich weiß, was er gesagt hat. (beiläufig) Sind wohl Geheimnisse in den Koffern?
Miß Rill: Stimmt!!
Mike: Hm ... wir könnten ja auch etwas anderes spielen, Miß Rill.
Miß Rill: Ich habe keine Lust zum Spielen.
Mike: (beharrlich) Zum Beispiel, ‚Indianer'.
Miß Rill: Was ist das für ein Spiel?
Mike: Ich feßle Sie an einen Baum ...
Miß Rill: Und dann?
Mike: Dann sind Sie meine Gefangene, und ich tanze singend um den Baum herum.
Miß Rill: Und dann?
Mike: Das ist alles ...
Miß Rill: (kichert) Das ist ja ein komisches Spiel.
Mike: Das ist gar nicht komisch ... Aber mit zwei Mann geht es eben nicht so gut ... (mit plötzlicher Begeisterung) Jetzt weiß ich was: wir machen ‚Zockeln'!
Miß Rill: Du liebe Güte, was ist das denn nun wieder?
Mike: (lässig) Das kann jedes Kind. Nur schade, daß wir keinen Schiedsrichter haben.
Miß Rill: Willst du mir nicht erst einmal verraten, was ‚Zockeln' überhaupt ist?!

Mike: Na, Weitspucken!

Miß Rill: (zuerst stockend) Weit ... weit ... weitspucken? Pfui, schäm dich, mir so was vorzuschlagen. Mir, einer Dame!

Mike: Tante Jenny ist auch 'ne Dame, und die spuckt drei Meter siebenundzwanzig.

Miß Rill: (schluckt schwer) Sei still!!

Mike: (trotzig) Und ich selbst bin Meister von Sydney im Zockeln. Sieben Meter zweiundzwanzig ...

Miß Rill: Du sollst still sein!

Mike: Bitte ... ich wollte Ihnen ja nur die Zeit vertreiben. Aber vielleicht ist es Ihnen lieber, wenn ich von einem Bankraub spreche ...

Miß Rill: Das ist ebenso schlimm wie Weitspucken!

Mike: In Sydney ist vorige Nacht in einer Bank eingebrochen worden ... 50 000 Pfund haben sie erbeutet.

Miß Rill: – – – (schweigt)

Mike: Drei Koffer haben die Einbrecher für das Geld gebraucht.

Miß Rill: Ich höre nicht zu!

Mike: Und die Polizei hat am Tatort was gefunden.

Miß Rill: – – – (schweigt)

Mike: Die Polizei weiß, daß einer der Täter eine blaue Jacke mit goldenen Knöpfen angehabt hat ... So eine, wie Mister MacOnny hat ...

Miß Rill: (ahnungsvoll) Moment mal ... jetzt dämmert es mir ... Du unverschämter Lümmel bringst Mister MacOnny mit diesem ... diesem ... Bankraub in Verbindung ...

Mike: (ungerührt) Warum regen Sie sich so auf, Miß Rill ... Ich habe doch nur gesagt, daß der Täter 'ne blaue Jacke angehabt hat ... und drei Koffer ...

Miß Rill: (eisig) Schweig, Bengel!! Hast du überhaupt eine Ahnung, wer Mister Samuel MacOnny ist? Mister MacOnny ist der größte Spielzeughersteller von ganz Australien!!

Zu diesem Zeitpunkt erreichten Mister Popper, Kathrin und ich den Strand. Es war wie ein Wunder. Ich hatte schon geglaubt, den Rest meines Lebens im Inseldschungel verleben zu müssen.
Wir zogen Schuhe und Strümpfe aus und kühlten unsere geplagten Füße im Wasser . . .

Popper: (seufzt) Oh, tut das gut . . .
Kathrin: Schade, daß wir keine Badesachen mithaben.
Blanche: Vergiß nicht, Kathrin, daß wir eine Wetterstation suchen sollen.
Kathrin: Vielleicht haben die anderen mehr Glück als wir . . .
Blanche: Mir graust schon vor dem Rückweg . . .
Popper: Irgendwie werden wir die anderen schon finden . . .
Blanche: Hoffentlich . . .
Popper: (ruft freudig) Hallo, ich habe sogar eine gute Idee. Wir laufen so lange am Strand entlang, bis wir auf das Flugzeug stoßen . . . na, und dann gehen wir einfach den gleichen Weg wie gestern . . . Schließlich gibt es Spuren.
Blanche: Also los. Suchen wir die Maschine . . .

Munter marschierten wir drauflos. Als wir nach einer reichlichen Viertelstunde eine kleine Bucht erreichten, sahen wir die Maschine plötzlich vor uns. Ungefähr hundert Meter trennten uns noch von ihr. Sie war nach rechts abgekippt, wobei die Tragfläche gleich hinter dem Rumpf zu Bruch gegangen war. Das Cockpit, von einer entwurzelten Palme zertrümmert, sah ziemlich traurig aus. Doch nicht dieser mitleiderregende Anblick ließ uns sekundenlang bewegungslos verharren . . .
Neben der Maschine kniete ein Mann vor einem offenen Koffer . . . Mister Popper schnaufte mir aufgeregt ins Ohr . . .

Popper: Das ist doch Mister Boon . . .
Kathrin: Was hat er denn über dem Kopf?
Popper: (hastig) Schnell hinlegen . . . er braucht uns nicht zu sehen . . .
Blanche: Verstehen Sie das, Mister Popper? Der sollte doch in einer ganz anderen Richtung suchen . . .
Popper: Ja, wirklich . . . das ist eigenartig . . . Und was er auf dem Kopf hat, sind zweifellos Kopfhörer . . . (zischt) Achtung, Köpfe runter . . .

Als wir nach geraumer Zeit wagten, unsere Köpfe wieder aus dem Sand zu nehmen, war Mister Boon verschwunden. David Popper zeigte sich fest entschlossen, Boons geheimnisvolles Tun aufzuklären. Fast im Laufschritt umgingen wir die kleine Bucht und erreichten ziemlich atemlos das Flugzeugwrack. Nach wenigen Minuten emsigen Suchens entdeckten wir auch Boons Koffer. Mister Popper öffnete ihn . . .

Popper: (fassungslos) Ein Kurzwellensender . . . ein richtiger Kurzwellensender . . .
Blanche: Ist das so ein Apparat, wo man sich mit anderen unterhalten kann?
Popper: Ja . . .
Blanche: Aber mit wem mag er gesprochen haben?
Popper: Wenn ich das nur wüßte . . . Eines scheint ziemlich klar zu sein. Dieser Gentleman führt nichts Gutes im Schilde . . .
Kathrin: Hier, was ich gefunden habe . . . Sieht aus wie eine Brieftasche . . .
Popper: Das ist eine Flugscheintasche . . . Moment mal . . . da ist ja auch ein Ticket drin . . . von Auckland nach Nandi . . . für einen gewissen Mister P. Single.
Kathrin: Glauben Sie, daß Mister Boon dieser P. Single ist?
Popper: Ich möchte es annehmen. Nur hilft uns das nicht weiter.

Blanche: Ich glaube, daß wir so schnell wie möglich zu den anderen sollten . . .
Popper: Ja, machen wir uns auf den Weg . . .

Während wir uns mit einem Bündel schwerer Gedanken wieder auf dem Marsch zu unserem Nachtlager machten, suchte Mike nach wie vor nach einer Möglichkeit, durch die er die standhafte Miß Rill von den Koffern weglocken könnte. Keiner von den beiden ahnte, daß ein dunkles Augenpaar jede ihrer Bewegungen beobachtete . . .

Mike: Reden Sie jetzt wieder mit mir, Miß Rill?
Miß Rill: Nein!!
Mike: Sie sind eine Spielverderberin . . . jawohl!!
Miß Rill: Bei einem Bankraub hört der Spaß auf!
Mike: Ich habe ja nicht gesagt, daß Sie etwas damit zu tun haben . . . Naja, dann mache ich jetzt einen Spaziergang.
Miß Rill: (ängstlich) Wo willst du denn hingehen?
Mike: Och, einfach nur so . . . Vielleicht kann ich einen Papagei fangen oder einen Sittich . . .
Miß Rill: Geh aber nicht zu weit!!

Mike beeilte sich, aus Miß Rills Nähe und Blickfeld zu kommen. Nach ungefähr hundert Metern hockte er sich auf den Boden und wartete . . . Fast zehn Minuten ließ er verstreichen. Gerade lange genug, um Miß Rill nervös werden zu lassen . . . Und genau das beabsichtigte Mike. Die ängstliche Miß wartete auch nicht lange . . . Steil richtete sie sich auf, formte die Hände zu einem Trichter und rief aus Leibeskräften . . .

Miß Rill: Hallo, Mike . . . wo steckst du denn? . . . So antworte doch . . . Hallo, Mike!!!

Und Mike antwortete. Ganz leise und ganz entfernt erklang seine Stimme. Und was er rief, ließ Miß Rill kalte Schauer des Entsetzens über den Rücken laufen . . .

Mike: Hilfe !!! Hilfe !!! Hilfe, Miß Rill . . . so helfen Sie mir doch . . .

Von Angst geschüttelt, setzte sich Miß Rill in Bewegung und versuchte, sich nach Mikes Stimme zu orientieren. Dazwischen rief sie immer wieder laut seinen Namen. Doch nur noch zweimal erhielt sie leise Antwort.

Sie hatte sich noch keine zwanzig Meter von ihrem Platz entfernt, als plötzlich schemengleich eine Gestalt auftauchte, MacOnnys Koffer ergriff und ebenso schnell wieder verschwand . . . Keine Minute zu spät . . . denn jetzt kroch auch Mike Bannister junior aus dem Gebüsch. Die Freude über seinen gelungenen Streich stand ihm ins Gesicht geschrieben . . .

Doch da stutzte er . . . Er hörte kaum das Rascheln hinter sich . . .

Miß Rill: (schimpfend näherkommend) Da bist du ja . . . Mußtest du mir so einen Schrecken einjagen . . . Ich dachte wirklich, daß dir . . . (heftig) Wo hast du die Koffer versteckt?

Mike: (schluckt) Aber Miß Rill, die haben Sie sicher mitgenommen . . .

Miß Rill: Red keinen Unsinn . . . als ob ich drei Koffer tragen könnte . . . also, wo hast du sie hingetan?

Mike: (angstvoll) Ich habe die Koffer nicht, Miß Rill. Ehrenwort . . .

Spyler: (ruft von weitem) Hallo, noch niemand da? . . . (kommt näher) Wir haben Glück gehabt . . . (nah) He, Miß, was sehen Sie mich an wie ein Gespenst? Haben Sie vielleicht den Weihnachtsmann erwartet?

Miß Rill: (erstickt) Jemand hat Mister MacOnnys Koffer gestohlen . . .

Mike: (beteuert) Ich war es nicht, Mister Spyler. Ich wollte nur nachsehen, ob das Geld vom Bankraub drin ist . . .

Miß Rill: (schluchzt) Was wird Mister MacOnny sagen . . .

Spyler: (verwirrt) Moment mal . . . immer der Reihe nach. Du meinst also, Mister MacOnny sei ein Bankräuber. Wer hat dir denn diesen Floh ins Ohr gesetzt?

Mike: Ich habe doch nur kombiniert . . . wegen der drei Koffer und der blauen Jacke . . .

Spyler: Du meinst doch sicher den Bankraub in Sydney?

Mike: Ja, Sir . . .

Spyler: Falsch kombiniert, mein Sohn. Die drei Ganoven sitzen schon seit gestern mittag hinter Schloß und Riegel.

Miß Rill: (tränenerstickt) Wenn er mich nicht fortgelockt hätte, wären die Koffer noch da . . . Oh, da kommt Mister MacOnny . . .

MacOnny: (nähertretend) Ich habe nichts gefunden . . . Was ist denn hier los? Schlimmer kann es doch kaum noch kommen.

Miß Rill: (zitternd) Man hat die Koffer gestohlen . . .

MacOnny: Waaaas??

Spyler: Bitte, regen Sie sich nicht auf, Mister MacOnny. Schließlich befinden wir uns auf einer Insel, und was den Täterkreis anbetrifft, so dürfte die Auswahl sehr klein sein.

MacOnny: (kocht vor Wut) Miß Rill . . . soll ich Ihnen sagen, was Sie sind?! . . . eine Schlafmütze sind Sie!!

Mike: Sie kann doch nichts dafür, Mister . . .

MacOnny: Sei still, du Zwerg!!

Mike: (trotzig) Ich habe doch gedacht, daß Sie ein Bankräuber sind . . . Und dann hat Miß Rill die Koffer ja nur im Stich gelassen, weil sie mir helfen wollte . . . Sie sind ungerecht!

Miß Rill: Danke, Mike, aber du brauchst mich nicht zu verteidigen . . .

Mike: Wahrheit muß . . .

MacOnny: (schreit) Ruhe, jetzt rede ich!!
Spyler: (trocken) Vom Schreien kommen Ihre Koffer auch nicht zurück ... Deshalb schlage ich vor, daß i c h jetzt einmal rede ...

So sah die Situation aus, als Kathrin, Mister Popper und ich am Lagerplatz ankamen. Miß Rill hockte tränenüberströmt am Boden, Mister MacOnny sah uns mit hochrotem Gesicht und gar nicht freundlichen Blicken entgegen, während Mike offensichtlich versuchte, hinter Douglas Spylers Rücken in Deckung zu gehen ...

Spyler: Na also, da brauchen wir ja nur noch auf Mister Boon zu warten ...
MacOnny: (zwischen den Zähnen) Sie hätten den verdammten Bengel mitnehmen sollen, Miß ...
Spyler: Ich war noch nicht fertig, Mister MacOnny ...
Popper: Was ist denn geschehen ...?
MacOnny: Meine Koffer wurden gestohlen. Komisch, was? Dabei gibt es außer uns niemand auf der Insel ...
Spyler: Wenn Sie mich mal ausreden lassen würden, wüßten Sie bereits, daß wir nicht die einzigen Menschen auf Takanawe sind.
MacOnny: W a s ??
Popper: Haben Sie die Wetterstation gefunden?
Spyler: Ich habe sie gesehen. An der Nordseite einer großen Bucht ... Nachdem ich mein Gebiet abgesucht hatte, ging ich in östlicher Richtung zurück. Bevor ich mich dann endgültig auf den Weg hierher machte, kletterte ich noch auf einen Felsvorsprung, und da konnte ich die Wetterstation sehen ... Es mögen so gegen fünf Kilometer gewesen sein, die zwischen ihr und mir lagen ...
MacOnny: (erstaunt) Und Sie sind nicht hingegangen?
Spyler: Nein. Für mich wäre es ein gewaltiger Umweg gewesen. Ich bin sicher, daß Mister Boon auf die Station gestoßen ist ... Sie lag direkt in seiner Marschrichtung.

MacOnny: Ja, wo bleibt er denn?

Spyler: Eigentlich müßte er schon hier sein ...

Popper: (ahnungsvoll) Ich glaube kaum, daß er noch kommt.

Blanche: Bestimmt hat e r die Koffer gestohlen. Meinen Sie nicht auch, Mister Popper?

Popper: Unbedingt ...

Spyler: Moment mal, was soll das Gerede ... Ich verstehe kein Wort.

Popper: Wir hatten uns etwas verlaufen. Als wir dann den Strand erreichten, sind wir zum Flugzeug gegangen ... und dort haben wir Boon entdeckt ...

Blanche: Er hat sich mit jemandem unterhalten ...

Spyler: Unterhalten??

Popper: Wir haben uns nicht sehen lassen ... Als er verschwunden war, haben wir uns seinen Koffer einmal näher angesehen. Er enthielt einen kompletten Kurzwellensender.

MacOnny: Feine Freunde haben Sie, Mister Spyler. Das muß ich schon sagen.

Spyler: Wieso ich? Ich kannte den Mann überhaupt nicht. Er behauptete, Sie hätten ihn zum Mitfliegen eingeladen.

MacOnny: (erbost) Lüge!! Warum sollte ich. Ich habe diesen Boon nie zuvor in meinem Leben gesehen ...

Kathrin: Er heißt ja auch gar nicht Boon.

Popper: Stimmt, das hätte ich beinahe vergessen ... Hier, sein Flugticket.

Spyler: P. Single ... ja, warum nennt er sich dann Boon?

MacOnny: (erregt) Single ... Sagten Sie eben Single?

Spyler: Ja, Sir. Sagt Ihnen dieser Name etwas?

MacOnny: (heiser) Allerdings. Es gibt einen Single, der für sich die zweifelhafte Ehre in Anspruch nehmen kann, der raffinierteste Wirtschaftsspion zu sein ... Und ich fürchte, daß unser Single dieser Single ist ...

Blanche: Aber was will er dann mit Ihren Koffern?

MacOnny: In ihnen befinden sich die neuesten Modelle und Patente für die kommende Saison.

Popper: (erstaunt) Aber ich dachte, Sie stellen nur Spielzeug her?

MacOnny: Na und? Glauben Sie vielleicht, in der Spielzeugbranche werden keine Erfindungen gemacht?

Mike: Wie der singende Bumerang ...

MacOnny: Zum Beispiel. Die jetzige Kollektion besteht zum größten Teil aus elektronischen Neuheiten ...

Spyler: Und warum wollten Sie mit dem ganzen Kram zu den Fidschi-Inseln?

MacOnny: Dort wollte ich mich mit Yakaschi, dem größten japanischen Spielzeughersteller, treffen. Möchte verdammt gern wissen, welche Konkurrenz diesen sauberen Gentleman engagiert hat.

Spyler: Das ist im Augenblick unwichtig, Sir. Wir müssen uns sofort auf den Weg zur Wetterstation machen. Ich befürchte, daß Boon ... oder Single über den Kurzwellensender seine Auftraggeber oder seine Komplicen verständigt hat. Sicher sind diese bereits auf dem Weg hierher, um ihn abzuholen ... Und wo könnte das besser geschehen als bei der Station ...

Popper: Sie glauben, daß Single den Leuten von der Wetterstation einen Bären aufgebunden hat?

Spyler: Natürlich ...

Fast zwei Stunden brauchten wir, bis wir die steile Ostküste erreichten und unter uns, am Ufer einer stillen Bucht, das Gebäude der Wetterstation liegen sahen. Douglas Spyler brachte unsere kleine Gruppe zum Stehen ...

Spyler: Der Abstieg hier dürfte nicht ganz ungefährlich sein. Deshalb schlage ich vor, daß Sie, Mister Popper, die Damen hinabbegleiten. Ich werde mit Mister MacOnny vorausgehen ...

Mike: Und ich, Mister Spyler?

Spyler: Du? Du kommst ebenfalls nach ... Hast schon genug Unheil angerichtet ... Also, bis nachher ...

Douglas Spyler und MacOnny nahmen sich wirklich nicht viel Zeit beim Abstieg, denn bereits nach zwanzig Minuten erreichten sie das Haus der Wetterfrösche, die sich reichlich erstaunt zeigten, schon wieder Besuch zu bekommen . . .

Toni: Na, was sagst du jetzt, Fred. Ist heute nicht ein Betrieb wie auf dem Trafalgar Square . . .

Spyler: Guten Tag . . . das hier ist Mister MacOnny, und ich bin Douglas Spyler . . .
(ein Stuhl fällt polternd um)

Toni: (heftig) Douglas Spyler? Im Radio erzählte man, daß Sie bei einem Notlandeversuch auf oder vor Suba-i abgestürzt seien.

Spyler: Suba-i war ein Irrtum. Wir sind auf Takanawe heruntergekommen. Alle sind gesund und munter . . .

MacOnny: Munter dürfte wohl ein bißchen überspitzt formuliert sein.

Fred: Aber Sie leben, Mister MacOnny. Sagen Sie mir, was wichtiger wäre als das? Ich werde sofort durchgeben, daß sie bei uns aufgetaucht sind . . . Übrigens, dieser sympathische Mensch hier heißt Toni Randell. Ich wurde auf den Namen Fred Collins getauft . . .

Spyler: Sagen Sie, aus der Bemerkung von vorhin entnehme ich, daß vor uns schon ein Besucher da war?!

Fred: Stimmt. Er ist mit seinem Segelboot havariert und liegt am anderen Teil der Insel.

MacOnny: Ist es schon lange her, daß er hier war?

Toni: Vielleicht fünf Stunden . . . Wir wollten ihn mit dem Motorboot zu seinem Segler bringen, aber er lehnte ab und meinte, daß er allein zurechtkäme. Wir haben uns schon gefragt, wozu er dann überhaupt nach uns gesucht hat.

Spyler: Nannte er sich Single oder Boon?

Toni: (überrascht) Teufel, nein . . . ich glaube fast, Sie kennen den Segler. Single nannte er sich.

Spyler: Der Segler ist kein Segler, sondern ein Wirtschaftsspion, der Mister MacOnnys Koffer gestohlen hat ... Er war übrigens mit in meiner Maschine ...

In diesem Augenblick machte Mike, der wieder einmal nicht hören konnte und uns weit voraus war, eine Entdeckung ... Er sah plötzlich Mister Boon, beladen mit drei Koffern, ebenfalls nach unten klettern. Doch merkwürdigerweise schlug er dabei nicht die Richtung zur Wetterstation ein.
Mike beschloß, Boon zu folgen. Genau fünf Minuten später wußte er, welches Ziel der Dieb anvisierte, und er bekam einen gewaltigen Schrecken.
Das Ziel Boons war ohne Zweifel der kleine Anleger, an dem ein hochseetüchtiges Motorboot festgemacht war. Ohne Rücksicht auf Kleidung, Haut und Gelenke begann Mike eine halsbrecherische Talfahrt. Als er den Sandgürtel erreichte, war von Boon noch nichts zu sehen. Auf der anderen Seite sah Mike für einen Augenblick das Gebäude der Wetterstation. Doch er kümmerte sich nicht darum ... Noch einige wenige Meter, dann sprang er mit einem riesigen Satz an Deck des Bootes und entfaltete sofort eine emsige Tätigkeit.
Als Boon den Sandstreifen erreichte, hatte Mike bereits vollendet, was er sich vorgenommen hatte. Lässig setzte er den Plastikeimer ab und sah dem Mann entgegen, der sich keuchend und torkelnd näherte. In seinen Augen glitzerte eiskalte Wut ...

Boon: (atemlos, erschöpft) Scher dich zum Kuckuck, verdammter Bengel!
Mike: Sie sind ein Kofferdieb ... Ein ganz gemeiner Kofferdieb, Mister Single ...
Boon: (sprachlos) Du kennst meinen Namen?
Mike: Alle kennen ihn ...
Boon: (zischt) Na gut ... dann also anders ...
(Poltern)

Hiergeblieben ... das könnte dir so passen, was?

Mike: (kämpfend) Lassen Sie mich los ... loslassen ...

Boon: (kalt) Ich habe es mir anders überlegt. Du wirst mich begleiten! Los!!

Mike: Die Koffer bringen Ihnen sowieso kein Glück.

Boon: (lacht höhnisch) Das laß mal meine Sorge sein ...
(Motor springt an)
Und versuche nicht ins Wasser zu springen. Es soll hier ziemlich gefräßige Haifische geben ...

Spyler: (weit entfernt) Mike ... Mike ...

Mike: Dort kommen die anderen ...

Boon: (höhnisch) Zu spät, mein Sohn ... viel zu spät. Mach dir's bequem. Wir werden wohl einige Stunden unterwegs sein ...

Als Toni Randell von dem Motorboot sprach, durchfuhr es Douglas Spyler siedendheiß und urplötzlich wußte er, was Boon vorhatte. Er sprang auf und stürzte hinaus. MacOnny und Fred Collins folgten ihm auf dem Fuße ... Und dann sah Spyler, daß er mit seiner Befürchtung recht behalten hatte ...
Das Motorboot nahm bereits Fahrt auf.
Sein Rufen war sinnlos ...

Spyler: (atemlos) Sie hätten eher sagen sollen, daß Sie hier ein Motorboot liegen haben ...

Fred: (ebenso) Woher sollten wir wissen, daß dieser Mensch das Boot stehlen würde ... Mist, verflixter ...

MacOnny: (keuchend näherkommend) Zu spät, was ... er ist weg.

Spyler: Ja, den Jungen hat er als Geisel mitgenommen. Wahrscheinlich hat Mike versucht, Ihre Koffer zu retten.

Fred: (schreit) He, da ... das Boot ...

Spyler: Sieht aus, als ob es keine Fahrt mehr machte ...

MacOnny: Ja, es dreht sich ...

Fred: (hastig) Dann mal los zum Ruderboot ...

Eine Stunde später saßen wir alle in dem nun plötzlich viel zu kleinen Aufenthaltsraum der Wetterstation. Bis auf Mister Boon-Single, versteht sich. Den hatte man an einem weniger schönen Ort untergebracht. Das Abenteuer war fast zu Ende. Zwei Rätsel waren jetzt nur noch zu lösen. Das eine: wie kamen wir von der Insel, und das andere . . .

Toni: Eines ist mir allerdings schleierhaft: wie konnte der Motor versagen. Bis zum heutigen Tag hat uns das Boot noch nicht ein einziges Mal im Stich gelassen.

Mike: Das lag an mir, Mister Randell. Ich hatte doch dem Benzin einen Schuß Salzwasser zugesetzt . . .

Toni: (fassungslos) Jetzt geht mir ein Kronleuchter auf.

Fred: Still . . . da kommt eine Meldung . . .
(Stille, dahinein:)

Miß Rill: (niest, stark verschnupft) Verzeihung!

Fred: Macht nichts, Miß. Wenn alles gut geht, dann liegen Sie in ein paar Stunden in einem weichen Hotelbett. In Nandi ist ein Transporthubschrauber gestartet, der sie alle abholen wird . . .

MacOnny: (freudig) Na, Gott sei Dank. Vielleicht klappt mein Geschäft noch . . .

Fred: Sie sollten weniger ans Geld denken, Mister MacOnny.

MacOnny: Ich denke ans Geschäft . . . Und das bedeutet Kinderspielzeug . . . Was, Mike, so ein Bumerang ist doch eine feine Sache, oder?

Mike: Ist sie . . .

MacOnny: Na also . . . warum machst du dann ein Gesicht, als hättest du in eine Zitrone gebissen?

Mike: Ich denke nach, Mister MacOnny . . .

MacOnny: Aha . . . ich hoffe nicht über Bankräuber.

Mike: Nein, über Limonade . . .

MacOnny: (verständnislos) Über Limonade??

Mike: Ja, ich wüßte gern, ob Limonade beim Kochen eine Haut bekommt . . .

Toni: He, wohin so eilig, Fred?
Fred: Limonade holen, Toni . . .

Der Hubschrauber kam.
Mister MacOnny konnte sein Geschäft noch erfolgreich abschließen, und Mister Single alias Boon wurde für einige Zeit aus dem Verkehr gezogen.
Miß Rill bekam einen unverschämten Schnupfen, und Mister Popper war den Tränen nahe, als er sich von uns verabschiedete . . . Ja, habe ich jetzt noch was vergessen? Stimmt, das wollte ich noch sagen: Limonade bekommt wirklich keine Haut beim Kochen . . .

Ein Luftballon aus Varnäs

Die Personen:

Ole, Holger, Frederik, bekannt als die ‚Unzertrennlichen', die für jeden Streich, und mag er noch so ausgefallen sein, gut sind.

Knut Varnholm, wohnt auf dem Varnholm-Hof und reist nach Varnäs ohne eine Rückfahrkarte zu besitzen.

Kirsten, Knuts kleine Schwester, die den Luftballon zuerst entdeckt hat.

Erik Gustafson, Gemischtwarenhändler, Kapellmeister und der ‚geizigste Einwohner' von Varnäs.

Hanson, Gemeindeschreiber, Klarinettenbläser und Vater von Ole.

Olofson, Bürgermeister von Varnäs und Frederiks Vater.

Großvater Varnholm, der auf dem Varnholm-Hof Vater, Mutter und Bauer in einem sein muß.

Lehrer von Ole, Holger und Frederik, der Erik Gustafson eine kleine Rede vor der Klasse halten läßt.

Wer Varnäs auf der Karte suchen will, muß von Stockholm aus gute hundert Kilometer in westlicher Richtung wandern; dort könnte er Varnäs finden, wenn es, tja, wenn es nicht so klein wäre. Es ist weder berühmt, noch sehr alt, dieses Städtchen.

Erst seit 112 Jahren gibt es Varnäs. Und wer sich wundert, daß die Varnäser Musikanten auch an diesem Tag wieder so fleißig üben, dem sei gesagt, daß es nur noch drei Tage bis zum Karl-Holmberg-Gedächtnistag sind.

Karl Holmberg war es nämlich, der vor 112 Jahren Varnäs gründete, nachdem er auf eine Silbermine gestoßen war. Es kamen damals viele Menschen, und jeder wollte recht schnell recht reich werden. Doch bald zeigte es sich, daß sich der Abbau nicht lohnte. So zogen die meisten wieder von dannen. Einige aber blieben für immer. Unter ihnen Karl Holmberg, der der Gemeinde dann auch einen Namen gab: Varnäs.

Heute zählt die kleine Stadt über 2500 Einwohner, und jedes Jahr feierte man mit großer Freude und großem Eifer den Karl-Holmberg-Gedächtnistag. Das ist jedesmal ein schönes Fest. Für die Erwachsenen gibt es Wettbewerbe im Bogenschießen, Eierlaufen und Sackhüpfen. Dazwischen wird gesungen und getanzt.

Für die Schuljugend von Varnäs haben sich die Stadtväter ein besonderes Vergnügen ausgedacht. Punkt drei Uhr am Nachmittag steigen viele Luftballons in den Himmel. Jedes Kind darf drei Ballons starten lassen. An jedem hängt eine Karte mit Name und Anschrift und der Bitte, die Karte in den nächsten Briefkasten zu werfen. Für denjenigen, dessen Ballon die weiteste Reise gemacht hat, gibt es einen Preis. Er darf mit seinen Eltern auf Kosten der Gemeinde für eine Woche nach Stockholm reisen.

Kapellmeister Erik Gustafson, im Zivilberuf Gemischtwarenhändler, hebt den Taktstock und wirbelt ihn noch einmal kräftig durch die Luft, dann ist es geschafft. Der Marsch klappt vorzüglich.

Gustafson: Schluß für heute. Es geht schon ganz ordentlich.

Hanson: Tanzen tun die Leute auch nach falschen Tönen.

Gustafson: Das mag schon sein, Hanson. Aber schließlich kommen ja auch Fremde zu unserem Fest. Wollen wir uns noch einmal blamieren? Erinnere dich, was dieser Reporter im vergangenen Jahr über uns in der ‚Morgenpost' geschrieben hat.

Hanson: Ja, das ist wahr. Wir hätten mehr falsche als richtige Töne ... wie schrieb er ... herausgequält.

Gustafson: Dabei hatte er nicht mal so unrecht.

Hanson: Also, so schlimm war's ja auch wieder nicht. (ruft) Was ist, Ole?

Ole: (ruft zurück) Ich wollte dich nur abholen, Vater.

Hanson: Komme schon ...

Und dann gehen sie gemeinsam nach Hause. Der Gemeindeschreiber Hem Hanson, der im Orchester die Klarinette bläst, und sein Sohn Ole ...

Ole: Du Vater ...

Hanson: Hm??

Ole: Ist der geizige Gustafson eigentlich ein guter Kapellmeister?

Hanson: Ich werde dir gleich Respekt beibringen, Ole!

Ole: Ich meine ja auch der Herr Gustafson. Ist er ein guter Kapellmeister?

Hanson: Er versteht seine Sache!

Ole: (nachdenklich) Wenn er so hinter dem Ladentisch steht und Gurken oder Fische verkauft, sieht man es ihm aber gar nicht an ...

Hanson: Was sieht man ihm nicht an?

Ole: Ich meine, daß er was von Musik versteht.

Hanson: Man sieht es den wenigsten Menschen an, was in ihnen steckt.

Ole: Aber geizig ist er trotzdem.

Hanson: Ole!!

Ole: Na ja ... ich bin ja schon ruhig ...

Wenn in Gegenwart der Kinder von Varnäs das Wort Geiz fällt, dann denken sie sofort an Erik Gustafson. Für sie ist der Gemischtwarenhändler der personifizierte Geiz. Was die Kinder von Varnäs jedoch am meisten ärgerte: der geizige Gustafson scheint sich nichts, aber schon gar nichts, aus seinem wenig schmeichelhaften Beinamen zu machen. Im Gegenteil: er ist zu allen Kindern immer gleich freundlich. Wie er zu diesem Ruf gekommen ist, kann auch niemand genau sagen.

Vierundzwanzig Stunden vor dem großen Fest treffen sich die drei ‚Unzertrennlichen'. Es sind Ole Hanson, Frederik Olofson und Holger Halberg.

Seit ihrem ersten Schultag sind sie dicke Freunde und an jedem Streich gemeinschaftlich beteiligt.

Frederiks Vater ist Bürgermeister von Varnäs, während Holgers Vater Besitzer des größten Sägewerks ist. Wie immer, wenn sie eine neue Schandtat planen, haben sie sich auf dem Holzstapelplatz des Halbergschen Sägewerkes verabredet, wo sie sich in einer Holzhütte häuslich eingerichtet haben ...

Holger: Nun sag schon, Ole ... was hast du für eine großartige Idee?

Frederik: Hoffentlich ist sie auch wirklich großartig.

Ole: Ich glaube schon ...

Holger: Bringt sie was ein?

Ole: Na ja ... vielleicht eine Menge Spaß für uns ... Ich habe mir was ausgedacht, wie wir dem geizigen Gustafson einen tollen Streich spielen können.

Frederik: (zufrieden) Das ist immer gut.

Holger: Kann man uns erwischen?

Ole: Kann man nicht. Hört zu: Morgen starten wir doch Ballons ...

Frederik: Was haben die denn mit dem geizigen Gustafson zu tun?

Ole: Laß mich doch aussprechen. Wir drei dürfen zusammen neun Ballons aufsteigen lassen. Von diesen neun Ballons haben aber nur acht Karten unsere Namen und Anschriften.

Holger: Und was steht auf der neunten?

Ole: Auf der neunten Ballonkarte steht: „Der Finder dieser Karte erhält von mir einen Finderlohn von 200 Kronen. Absender: Erik Gustafson, Varnäs." Na, was haltet ihr von dieser Idee?

Holger: Feine Sache!

Frederik: Nur statt 200 Kronen müßten wir 1000 Kronen draufschreiben.

Ole: Das glaubt keiner ... 200 sind genug.

Holger: Und wer stiftet den Ballon?

Ole: Das knobeln wir aus.

Frederik: Es geht doch nicht. Man würde uns an der Schrift erkennen.

Ole: Holger hat doch eine uralte Schreibmaschine.

Holger: Klar. Wird gemacht ...

Ole: Stellt euch vor: Eines Tages klingelt beim alten geizigen Gustafson die Ladenglocke und einer sagt: „Sind Sie der Herr Gustafson?" und der antwortet: „Ja, der bin ich." Und der Besucher erklärt ihm: „Fein, ich bin nur gekommen um die zweihundert Kronen abzuholen ..." Könnt ihr euch vorstellen, was der geizige Gustafson für ein Gesicht macht?

Holger: (nachdenklich) Ich möchte nur wissen, warum man ihn den ‚Geizigen' nennt ...

Ole: Na, ganz einfach: weil er damals nichts für das Sportstadion gespendet hat ...

Frederik: Stimmt ja gar nicht. Weil er einmal einer uralten Frau, die ihr Salz nicht bezahlen konnte, bis auf eine kleine Prise alles wieder weggenommen hat.

Ole: Das ist ja ein Weihnachtsmärchen ...

Frederik: Es ist wahr ...

Holger: Und ich habe mal gehört, daß er nachts nicht schläft, weil er sein Geld bewachen muß . . .

So geht es noch eine Weile hin und her. Und dann knobeln sie. Der Zufall will es, daß es Ole selbst ist, der einen Ballon opfern muß.
Sie verlieren keine Zeit, und so wird auch gleich die Karte geschrieben. Fein säuberlich auf einer alten Schreibmaschine mit kreuz- und querstehenden Typen.
Und dann ist der große Tag da.
Auf dem Sportplatz von Varnäs stehen 180 Kinder mit ihren bunten Ballons und warten auf das Startzeichen. Ole Hanson hat bei der Verteilung zwei gelbe und einen roten erwischt. Und der knallrote Ballon ist es auch, an dem der bewußte Text hängt.
Jetzt steigt der Bürgermeister von Varnäs, Frederiks Vater, auf die Tribüne . . .
Ganz dicht geht er mit seinem Mund an das aufgebaute Mikrophon. Er hebt die Hand, die Kapelle bläst einen Tusch, und dann hallt es lautstark über den Platz:

Olofson: Meine lieben Kinder! Jetzt seid ihr an der Reihe. In wenigen Sekunden werden 540 Luftballons ihre Reise antreten, und ich wünsche einem jeden von euch recht viel Glück dazu.
Also, bei drei soll es losgehen. Ich zähle . . . Achtung . . . eins . . . zwei . . . drei !!!

Laut donnert der Jubel der Kinder den Ballons nach, und Hunderte von Augenpaaren folgen den bunten Tupfern am wolkenlosen Himmel. Und sicher sind es nicht wenige Daumen, die in diesen Minuten mit Inbrunst gedrückt werden. Eine Reise nach Stockholm lohnt die kleine Anstrengung . . .

Doch verlassen wir nun das Städtchen Varnäs und reisen wir nordwärts. 140 Kilometer weit.
Die Straße windet sich über Berge, Höhen und durch Täler. Die Dörfer und Gemeinden werden seltener, und die Zahl der weit auseinanderliegenden Gehöfte größer. Die hier lebenden Bergbauern müssen schwer arbeiten, um ihr Brot zu verdienen. Der Boden ist steinig und in der Kargheit des Ertrages kaum noch zu überbieten. Das Leben dieser Menschen ist hart und entbehrungsreich. Die Kinder brauchen Stunden, bis sie die Schule im Tal erreicht haben.
Eines dieser Gehöfte heißt der ‚Varnholm-Hof'. Hier leben die Varnholms. Großvater Varnholm, Sohn und Schwiegertochter und die beiden Kinder Kirsten und Knut. Doch zur Zeit sind sie nur zu dritt, denn Vater und Mutter Varnholm sind gleich nach der Ernteeinbringung nach Göteborg gereist, wo sie in den Wintermonaten in einer Fabrik arbeiten. Zurückgeblieben sind also der Großvater, der zwölfjährige Knut und die achtjährige Kirsten . . .

Knut: Großvater, ich könnte eigentlich zum Wasserfall gehen und wieder ein paar Forellen fangen?

Großvater: Hm, das wäre gut. Wir könnten sie morgen zu Mittag essen.

Kirsten: Darf ich mitkommen zum Wasserfall?

Knut: Nein, bleib du lieber bei Großvater, Kirsten.

Kirsten: (bittend) Aber ich könnte doch nach Pilzen suchen. Das letzte Mal habe ich eine ganze Menge Schwämme gesehen.

Knut: Na ja, meinetwegen. Komm mit!

Kirsten: Da können wir Koki ja auch mitnehmen?!

Knut: Gut, sie soll die Sachen tragen.

Großvater: Fang aber nicht zu viele. Für jeden eine, das reicht vollkommen. Daß du nicht wieder mit zwanzig Forellen ankommst!

Knut: Schon gut, Großvater.

Kirsten: Und ich? Soll ich Schwämme bringen?

Großvater: Ein paar kannst du schon mitbringen, Kirsten ... Und paßt mir an der Schlucht auf. Ole Hagström hat erzählt, daß schon wieder ein Stück vom Rand abgebrochen ist ... Macht am besten einen Bogen um die Schlucht.

Knut: (beruhigend) Wir passen schon auf, Großvater. Wir haben ja auch Koki dabei. Die merkt schon, wenn es gefährlich ist ...

Nachdem Knut und Kirsten der Ziege Koki einen Korb umgehängt haben, ziehen sie los. Bis zum Wasserfall ist es eine knappe Dreiviertelstunde Fußmarsch. Doch die Kinder brauchen diesmal fast eine Stunde. Einmal ist es Koki, die trotz guten Zuredens nicht von ein paar gut schmeckenden Blättern wegzulocken ist, ein anderes Mal ist es Kirsten, die sich erst umständlich einen Stein aus ihrem Schuh holen muß.

Als sie endlich am Wasserfall ankommen, läuft Knut sofort ans Wasser, um nach den Forellen zu sehen. Und da sind sie auch. Pfeilschnell huschen sie über den Boden des Bachbetts.

Knut fängt die Forellen mit der Hand. Niemand in der ganzen Familie kann das so geschickt und mit soviel Erfolg wie er.

Während er bis über die Knie im Wasser steht und Kirsten mit einem Körbchen nach Schwämmen sucht, nagt Koki mißmutig an den Zweigen. Ihr behagt es gar nicht, daß sie nur fünf Meter in jede Richtung trippeln kann. Aber nachdem die ganze Familie Varnholm bereits einmal zwei ganze Tage nach ihr suchen mußte, ist man vorsichtig geworden ... So vergehen die ersten dreißig Minuten. Knut hat inzwischen zwei Prachtexemplare gefangen und ist gerade dabei, nach der dritten Forelle zu greifen, als er plötzlich Kirsten rufen hört ...

Kirsten: (entferntes Rufen) Knuuuuut! ... Hallo, Knuuut!
Knut: (ruft zurück) Ja, was ist denn los, Kirsten?
Kirsten: Komm mal her, ich habe was gefunden ...

Knut stieg aus dem Wasser. ‚Hätt ich sie bloß bei Großvater gelassen', denkt er zornig und läuft rasch zu ihr hin. ‚Bestimmt hat sie einen Fuchsbau entdeckt ... oder einen bunten Stein.' Und dann sieht er seine kleine Schwester, wie sie aufmerksam an einem Baum hinaufschaut ...

Knut: Was ist denn los? Gerade hatte ich einen guten Fang vor der Nase ...
Kirsten: Sieh nur, Knut, was da oben am Baum hängt ...
Knut: Was denn? ... Sieht aus wie ein zusammengeschrumpfter Luftballon ... vielleicht ist es auch nur ein Lappen.
Kirsten: Wenn du von dieser Seite guckst, kannst du sehen, was noch dranhängt ...
Knut: Das ist ein Bindfaden ...
Kirsten: (zappelig) Und da hängt was dran ...
Knut: (aufgeregt) Du, das ist ja eine Karte. Dann ist es doch ein Luftballon ...
Kirsten: Ob auf der Karte was draufsteht?
Knut: (altklug) Na, wozu hängt man sonst eine Karte an einen Luftballon?
Kirsten: Meinst du? ... (ängstlich) Knut, was machst du jetzt?
Knut: Na, auf den Baum klettern!
Kirsten: Wenn das Großvater erfährt, wird er sicher schimpfen.
Knut: Du brauchst es ihm ja nicht gleich zu erzählen ... Ich paß schon auf, daß ich nicht herunterfalle ...

Einige Minuten später steht Knut wieder auf der Erde. In der Hand schwenkt er eine von Wind und Wetter vergilbte

Postkarte. Merkwürdige Dinge stehen da drauf. Obwohl die Schrift schon etwas verwaschen ist, kann man alles deutlich entziffern.
Knut ist so aufgeregt, daß er sich mit nur zwei Forellen auf den Heimweg macht. Und diesmal brauchen sie viel weniger Zeit. Ja, selbst die Ziege scheint zu ahnen, daß etwas Besonderes geschehen ist. Lustig meckernd trabt sie neben Knut und Kirsten her.
Der Großvater ist gerade dabei, Späne für den Herd zu machen, als die beiden in die Küche treten ...

Großvater: Nanu, ihr seid schon zurück? ... Und so erhitzt: Ist etwas passiert?

Knut: (aufgeregt) Ich habe nur zwei Forellen, Großvater.

Kirsten: Und ich habe nicht einen einzigen Schwamm.

Großvater: Das ist doch nicht schlimm ... Warum habt ihr euch denn so beeilt?

Knut: Wir haben etwas gefunden.

Großvater: (lacht) Ein Stück Geweih vielleicht?

Knut: Nein, einen Luftballon. Und an dem Luftballon war eine Karte dran ...

Kirsten: ... und auf der Karte steht was!

Großvater: Hm ... ihr macht das so spannend ... Jetzt soll ich sicher fragen, was auf der Karte steht?

Kirsten: Ja, Großvater. Frag mal!

Großvater: Also gut. Was steht auf der Karte, die am Luftballon hing?

Knut: (aufgeregt) Ich werde es dir vorlesen, Großvater. (lesend) An den Finder dieser Karte! Anläßlich des Karl-Holmberg-Gedächtnistages steigt diese Karte in die Luft. Derjenige, der sie findet und mir persönlich vorlegt, erhält einen Finderlohn von 200 Kronen und das Fahrgeld extra. Dafür verbürgt sich: Erik Gustafson, Gemischtwarenhändler, Boogsgatan 21, Varnäs.

Kirsten: Hast du es gehört, Großvater, 200 Kronen ... was wir dafür alles kaufen können ...

Großvater: (nachdenklich) Das ist eine Menge Geld ... tatsächlich. Dieser ... wie heißt er?

Knut: Gustafson. Erik Gustafson. Gemischtwarenhändler.

Kirsten: Was ist ein Gemischtwarenhändler, Großvater?

Großvater: Das ist ein Kaufmann, bei dem du fast alles kaufen kannst. Obst, Brot, Kartoffeln, Seife, Schuhcreme, Gurken, Schokolade und noch eine Menge mehr. 200 Kronen ... dieser Herr Gustafson scheint kein geiziger Mann zu sein.

Knut: (entschlossen) Ich fahre hin und hole mir das Geld.

Kirsten: Aber es gehört mir. Ich habe die Karte zuerst gesehen.

Großvater: So einfach ist das nicht ...

Kirsten: Wo liegt eigentlich Varnäs, Großvater?

Großvater: Oh, das ist ziemlich weit ...

Kirsten: Kann man da nicht hinlaufen?

Großvater: Da wärst du viele Tage unterwegs, Kirsten. Es sind über hundert Kilometer bis Varnäs.

Knut: So weit?

Großvater: Ja. Da ist mit einem Spaziergang nichts zu holen.

Knut: Könnte man nicht mit dem Omnibus fahren?

Großvater: Das könnte man schon. Aber das kostet eine Menge Geld. Und ich habe gestern erst zwei Rechnungen bezahlt ... Und das Geld von euren Eltern wird erst in vierzehn Tagen kommen ...

Knut: Aber so teuer kann es doch nicht sein ...?

Großvater: Du mußt ja auch wieder zurückkommen ...

Knut: (aufgeregt) Aber Großvater, wenn ich dort bin, brauche ich doch gar kein Geld mehr. Dann habe ich die 200 Kronen und das Fahrgeld.

Großvater: Hm ... das stimmt auch. Der Omnibus wird mindestens 20 Kronen kosten ... Übrigens, da fällt mir ein. In Varnäs kenne ich sogar jemanden. Er war vor vielen Jahren einmal für mehrere Wochen hier auf dem Hof ...

Knut: Vielleicht könnte ich bei ihm über Nacht bleiben, wenn kein Omnibus mehr zurückfährt ...

Großvater: Ich weiß nicht, Knut ...

Knut: Bitte, Großvater ... denk doch, zweihundert Kronen ...

Großvater: Na schön. Und für Gunnar Sixten werde ich dir einen Brief mitgeben ...

Zwei Tage später, früh um sieben, begleitet Großvater Varnholm seinen Enkel zu der einen Kilometer entfernten Hauptstraße, wo sich die Bedarfshaltestelle der Autobuslinie befindet.

Für Knut ist diese Art des Reisens nicht neu. Im Sommer ist er sogar oft bis nach Falan zum Einkaufen gefahren.

Trotzdem muß er eine Menge Ermahnungen und guter Wünsche über sich ergehen lassen.

Endlich, nach über drei Stunden Fahrzeit und zweimaligem Umsteigen, trifft er in Varnäs ein.

Und als die Rathausuhr halb elf Uhr schlägt, erreicht Knut den Laden von Erik Gustafson. Das Herz schlägt ihm vor Aufregung bis zum Hals, als er den Laden betritt und plötzlich einem älteren, freundlichen Mann gegenübersteht ...

Gustafson: Na, mein Sohn, was darf es sein?

Knut: (zaghaft) Ich bin Knut Varnholm.

Gustafson: Das freut mich ... Du bist sicher fremd hier, was?

Knut: (nickt) Ja ...

Gustafson: Sonst hätte ich dich gewiß schon einmal gesehen.

Knut: Ich komme vom Varnholm-Hof ... Ich bin vorhin mit dem Omnibus angekommen ... über drei Stunden bin ich gefahren.

Gustafson: (freundlich) Dann hast du ja eine lange Reise hinter dir. Und – was möchtest du?

Knut: Ich habe Ihren Luftballon und die Karte gefunden.

Eigentlich hat sie Kirsten gefunden ... Kirsten ist meine kleine Schwester ... die ...

Gustafson: (unterbricht) Jetzt hör mir mal zu, mein Sohn. Ich habe keine Ahnung, wovon du sprichst. Was meinst du mit Luftballon und Karte ...?

Knut: (verstört) Ich meine die Karte, die Sie an den Luftballon gehängt haben.

Gustafson: (verärgert) Ich habe nie eine Karte an einen Luftballon gehängt ...

Knut: Vielleicht können Sie sich nicht mehr daran erinnern ... Es ist ja schon fast drei Monate her ... (befreit) Oh, jetzt weiß ich es ... Sie sind gar nicht Herr Gustafson !!!

Gustafson: Natürlich bin ich Herr Gustafson ...

Knut: (schluckt) Aber ... ich ... ich ... ich habe sie doch gefunden ... ich meine, Kirsten hat sie gefunden ... Sie hing in einem Baum ...

Gustafson: (bedächtig) Mir kommt da ein schrecklicher Verdacht ... Sag mal, hast du die Karte mitgebracht?

Knut: (hastig) Ja, ich habe sie hier in der Tasche ... gleich ... hier ist sie ...

Gustafson: Also, dann werden wir mal für einen Augenblick den Laden abschließen und in die gute Stube gehen ...
(Türabschließen)
Komm mit, mein Sohn ...

Erik Gustafson faßt den verstörten Knut am Arm und dirigiert ihn mit sanftem Druck zu seinem Wohnraum, der sich unmittelbar hinter dem Laden befindet. Er nötigt den Jungen in einen Sessel und nimmt selbst gegenüber Platz ...

Gustafson: Na, wo habe ich denn meine Brille wieder hingesteckt ... ah, da ist sie schon ... also ... (lesend) An den Finder dieser Karte ... Anläßlich des Karl-Holmberg-Gedächtnistages steigt diese Karte in die Luft. Derjenige, der sie findet und mir persönlich vorlegt, erhält einen Finderlohn von 200 Kronen und das Fahrgeld extra ... (erbost) also, das ist unglaublich ... Dafür verbürgt sich: Erik Gustafson, Gemischtwarenhändler, Boogsgatan 21, Varnäs ... Unglaublich, sage ich ... (nachdenklich) Aber wo habe ich bloß schon solche Schreibmaschinentypen gesehen ...?

Knut: Heißt das, Herr Gustafson, daß die Karte nicht von Ihnen ist?

Gustafson: Das stimmt ... wie heißt du gleich?

Knut: (leise) Knut Varnholm ...

Gustafson: Ja, Knut. Da bist du einem gar nicht schönen Lausbubenstreich zum Opfer gefallen ... Und es sollte mich sehr wundern, wenn ich die Übeltäter nicht kennen würde ...

Knut: (völlig niedergeschlagen) Dann ist also alles gar nicht wahr ... das mit dem Fahrgeld ... und mit den 200 Kronen ...

Gustafson: Ich sagte es schon. Ein Lausbubenstreich ... Na, nun laß mal nicht gleich den Kopf hängen.

Knut: Ich habe ja nicht mal das Fahrgeld nach Hause ... Großvater konnte es mir nicht geben, weil er zwei Rechnungen bezahlen mußte ...

Gustafson: Hast du denn keine Eltern mehr?

Knut: Doch. Aber die arbeiten nach der Ernte in Göteborg, weil unser Hof ... Vater sagt immer, er bringe nicht mal ein gutes Mittagessen ein ... und so sind sie den ganzen Winter in der Stadt ...

Gustafson: Hm ... das ist wirklich eine böse Geschichte ... trotzdem, mach dir mal keine Gedanken ... Was suchst du denn?

Knut: (hantiert verzweifelt) Großvater hatte mir einen Brief an jemand in Varnäs mitgegeben ... Da sollte ich hingehen und übernachten. Heute fährt nämlich kein Omnibus mehr nach Hause ... Wo ist bloß der Brief ...

Gustafson: Vielleicht in der Hosentasche?

Knut: (den Tränen nahe) Nein ... Ich glaube, ich habe ihn auf dem Tisch in der Stube liegenlassen ... und jetzt weiß ich nicht einmal mehr den Namen.

Gustafson: Nun mach dir keine Sorgen. Ein Bett für dich habe ich schon frei ... So, dann wollen wir mal jetzt zusammen einen kleinen Weg erledigen ... Deine Tasche kannst du ruhig hierlassen ...

Herrn Gustafsons große Freundlichkeit läßt Knuts Enttäuschung darüber, daß alles nur ein Scherz gewesen sein soll, ein wenig in den Hintergrund rücken. Dabei hätte es Herr Gustafson gar nicht nötig, so freundlich zu ihm zu sein ... Schließlich war es ja seine eigene Gutgläubigkeit, die ihn hatte die Reise unternehmen lassen. Das sind Knuts Gedanken, während er neben dem Händler dahingeht. Und sehr erstaunt blickt er auf das Gebäude, welches sie soeben ansteuern. Es ist eine Schule ...

Im ersten Stock muß Knut ein wenig warten, während sich Herr Gustafson angeregt mit einem Lehrer unterhält ... Dann winkt man ihn heran ...

Gustafson: Komm her, Knut ... wir müssen jetzt noch eine kleine Geschichte erzählen ... das hier ist Herr Lehrer Ooker ...

Knut: Guten Tag ...

Lehrer: Guten Tag, Knut. Wir wollen jetzt zusammen einmal in die Klasse gehen ...
(Sie betreten gemeinsam das Klassenzimmer)

Lehrer: Hört zu, Jungens, Herr Gustafson, den ihr ja alle kennt, möchte euch eine kleine Geschichte erzählen. Vielleicht findet ihr Gefallen an ihr ...

Gustafson: (räuspert sich) Ja, das ist also so ... übrigens, das hier ist Knut Varnholm. Er kommt vom Varnholm-Hof ..., ungefähr 140 Kilometer von hier entfernt ... mit dem Autobus braucht man über drei Stunden ... Ä

... was wollte ich gleich sagen ... ach ja ... da war doch wie jedes Jahr vor zwei Monaten, nein, es sind schon drei ... also vor drei Monaten war unser Feiertag ... Ihr könnt euch sicher daran erinnern ... dabei ließt ihr wie jedes Jahr auch wieder Luftballons steigen ...
Ein besonders kluger Kopf ... oder muß ich sagen: ein besonders dummer Kopf? ... kam auf die Idee, eine Karte an einen Luftballon zu hängen, auf dem Folgendes zu lesen stand: Anläßlich des Karl-Holmberg-Gedächtnistages steigt diese Karte in die Luft. Derjenige, der sie findet und mir persönlich vorlegt, erhält einen Finderlohn von 200 Kronen und das Fahrgeld extra ... Dafür verbürgt sich: Erik Gustafson, Gemischtwarenhändler, Boogsgatan 21, Varnäs ... Nun, was haltet ihr von diesem Scherz? Nun hat tatsächlich jemand diese Karte gefunden ... hier steht er. Knut Varnholm. 140 Kilometer weit ist er angereist. Leider hat das Fahrgeld nur für die Herfahrt gereicht. Der Hof, auf dem Knut lebt, bringt so wenig ein, daß er das Fahrgeld für die Rückfahrt nicht mehr hatte. Aber das ist ... oder wäre ja nicht weiter schlimm. Auf der Karte steht ja, daß er das Geld für die Rückfahrt ebenfalls bekommt. Und der nächste Autobus in seine Heimat fährt erst morgen mittag ...
Da steht er nun ... Ein Bett für heute nacht kann ich ihm geben ... aber das Fahrgeld? Wie ihr alle wißt, bin ich schrecklich geizig ... ich bin ja der geizige Gustafson. Ich fürchte, Knut Varnholm muß mit einer langen Fußwanderung rechnen ... oder weiß vielleicht jemand von euch einen Rat? ... Vielleicht du, Frederik Olofson? ... Nicht? Oder du, Holger Halberg? ... Auch nicht? Wie wär's mit Birger Green? Oder Sven Taasen? Oder weiß vielleicht Ole Hanson einen Rat?
(seufzt) Niemand ... niemand kann helfen ... niemand weiß Rat. Tja, Knut, dann tut es mir leid, daß du laufen mußt ... Aber du wirst es sicher schaffen ... Dann wollen wir mal wieder gehen ... (ruft) Auf Wiedersehen alle miteinander ...

Knut und Herr Gustafson lassen eine völlig durcheinandergeratene Klasse zurück. Besonders drei Jungen hat es böse erwischt, und am liebsten würden sie sich ein Loch graben, in das sie dann kriechen könnten.

Haben sie sich in der ersten Minute noch Blicke zugeworfen, die so viel bedeuteten wie: Na, ist das nicht ein gelungener Spaß?, so hat sich das während Herrn Gustafsons Erzählung rasch geändert.

Nach dem Unterricht gehen sie mit gesenkten Köpfen in verschiedene Richtungen ... Und das ist seit langer, langer Zeit nicht mehr geschehen ...

Auch Erik Gustafson und sein kleiner Besucher haben noch eine Unterhaltung, bevor sie den Laden erreichen:

Knut: Glauben Sie, daß ich es in drei Tagen bis nach Hause schaffe, Herr Gustafson?

Gustafson: (lachend) Du darfst meine Rede vor der Klasse nicht so ernst nehmen, Knut. Natürlich fährst du ebenso nach Hause wie du hergekommen bist – mit dem Bus. Ich habe das vor der Klasse nur deshalb so dramatisiert, um ein oder mehrere Gewissen heftig schlagen zu lassen.

Knut: Waren denn die Kartenschreiber in der Klasse?

Gustafson: Ich bin absolut sicher. Inzwischen ist mir nämlich auch eingefallen, woher ich die Schreibmaschinenschrift auf der Karte kenne. Das Sägewerk Halberg hat früher seine Bestellungen mit der gleichen Maschine geschrieben. Und Holger Halberg saß ebenfalls in der Klasse ... Wie ich die kleinen Halunken kenne, werden wir heute noch einiges erleben ...

Knut: (verständnislos) Das verstehe ich nicht ...

Gustafson: Auf alle Fälle wirst du zufrieden sein. Der Autobus morgen mittag wird ganz bestimmt nicht ohne Knut Varnholm abfahren.

Knut: Ich bin Ihnen wirklich sehr dankbar.

Gustafson: Papperlapapp ... Und jetzt muß ich endlich wieder meinen Laden aufmachen.

Knut: Kann ich Ihnen nicht ein bißchen helfen?
Gustafson: Hm, warum nicht? Du könntest einwiegen.
Knut: Fein. Das würde ich gern machen ...

Die Stunden bis zum Abend gehen rasch dahin, hauptsächlich für Knut, dem die neue Aufgabe ungeheuren Spaß bereitet.

Nach dem Abendessen, draußen ist es bereits dunkel geworden, sitzen sie zusammen in Herrn Gustafsons Wohnzimmer, und Knut muß von daheim erzählen. Vom Großvater ... von seiner Schwester Kirsten ... und von Koki ... Plötzlich heben sie beide zu gleicher Zeit den Kopf und lauschen angestrengt nach draußen. Kein Zweifel ... es hat geklopft.

Erik Gustafson erhebt sich, zwinkert Knut verschmitzt zu und schlurft zur Haustür ... Und dann hört ihn Knut sagen ...

Gustafson: (scheinheilig) Nanu, Frederik Olofson ... so spät noch?
Frederik: (leise) Guten Abend, Herr Gustafson ...
Gustafson: Hast du noch einen Wunsch?
Frederik: (stockend) Herr Gustafson ... ich wollte ... das ist so ...
Gustafson: Ja???
Frederik: Ich ... ich habe die Karte geschrieben ...
Gustafson: Welche Karte?
Frederik: (schluckt) Die Karte an dem Luftballon ...
Gustafson: (streng) Soso ... Und du schämst dich gar nicht ... als Sohn des Bürgermeisters? ... Übrigens wußte ich bereits, wo solche verwackelten Schreibmaschinentypen zu finden sind. Die Schreibmaschine hat schon Holgers Vater benutzt ...
Frederik: (fassungslos) Sie wußten ??? Ja, Herr Gustafson, ich wollte mich entschuldigen ... und ich wollte sie bit-

ten ... fragen, ob Sie es nicht für sich behalten könnten?

Gustafson: Hm ...

Frederik: Hier sind zwanzig Kronen aus meiner Sparbüchse ... wenn Sie die dem Jungen geben würden ... für die Fahrkarte ...

Gustafson: Schön, das kann ich tun ... er fährt dann morgen Mittag um ein Uhr ... Sonst noch was?

Frederik: Nein, Herr Gustafson, vielen Dank ..., und ... es tut mir wirklich leid ...

Gustafson: (freundlich) Und mich freut es, daß du gekommen bist, Frederik. Gute Nacht ...

Frederik: (befreit) Gute Nacht, Herr Gustafson ...

Als Erik Gustafson zu Knut ins Zimmer tritt, strahlt er über das ganze Gesicht, und in seinen Augen blitzt der Schalk ...

Gustafson: Na, mein Sohn, was sagst du jetzt? Hat der alte Gustafson nicht eine gute Nase? (betont) Damit hätten wir die ersten zwanzig Kronen in der Tasche.

Knut: (bedrückt) Und den ganzen Ärger haben Sie nur wegen mir.

Gustafson: (fröhlich) Im Gegenteil, Knut ... Ich habe mich seit langem nicht so gut unterhalten wie heute. Und das verdanke ich dir ... (klatscht in die Hände) Bin gespannt, wann der nächste auftaucht ...

Nun, Herr Gustafson muß nicht lange warten. Bereits nach zwanzig Minuten klopft es an diesem Abend zum zweiten Mal an seine Haustür ...

Holger: Guten Abend, Herr Gustafson ...

Gustafson: Guten Abend, Holger ... willst du noch was kaufen?

Holger: (zerknirscht) Nein, Herr Gustafson, ich wollte ... ich wollte mich entschuldigen.

Gustafson: Aha. Und wofür? Hast du was ausgefressen, wovon ich noch nichts weiß?

Holger: Es ist wegen der Ballongeschichte ... Ich habe die Karte geschrieben.

Gustafson: Und jetzt hast du ein schlechtes Gewissen, was? Daß der arme Junge tagelang auf der Straße unterwegs sein muß, geht dir wohl mächtig nahe?

Holger: (kleinlaut) Ja, Herr Gustafson ... ich bringe hier auch alles aus meiner Sparbüchse ... Es sind aber nur neun Kronen.

Gustafson: Das macht nichts. Den Rest werden wir schon auch noch zusammenbringen. Ja, Holger, was gibt's sonst noch?

Holger: (sehr leise) Würden Sie bitte niemandem etwas davon sagen?!

Gustafson: Ich will mir's überlegen. Gute Nacht.

Holger: Gute Nacht, Herr Gustafson ...

Erik Gustafson bleibt einige Augenblicke gedankenversunken an der Tür stehen, bevor er sich wieder zu seinem Gast begibt.

Gustafson: So, Knut, jetzt haben wir schon 29 Kronen. Holger Halberg hatte leider nur ganze neun Kronen in seiner Sparbüchse.

Knut: (erstaunt) Aber die Fahrkarte kostet doch nur sechzehneinhalb Kronen.

Gustafson: (überzeugt) Oh, das macht gar nichts. Der Rest ist sozusagen Lehrgeld ... Haha ... ich bin nur gespannt, wie viele dieser Bengel an der Sache beteiligt sind. Vielleicht sollten wir die ganze Nacht Kassenstunden halten ...

Knut will sich gerade zu seinem Nachtlager begeben, das ihm Herr Gustafson auf dem Sofa zurechtgemacht hat, als es zum dritten Mal klopft.
Erik Gustafson schmunzelt und beeilt sich nicht sonderlich mit dem Öffnen. Er ist auch kaum erstaunt, Ole Hanson zu sehen. Eigentlich hatte er diesen schon viel früher erwartet. Auch Ole war seiner Sparbüchse zu Leibe gerückt, allerdings mit noch geringerem Erfolg als seine Vorgänger. Mit gesenkten Augen drückte er Herrn Gustafson sechs Kronen in die geöffnete Hand. Doch dann meint er, ganz schlau zu sein . . .

Ole: Ehrenwort, Herr Gustafson, Holger und Frederik haben mit der Sache nichts zu tun. Es war alles meine Idee.

Gustafson: Und warum sagst du mir das?

Ole: (gedämpft) Sie brauchen den beiden ja nichts wegen der sechs Kronen zu sagen . . .

Gustafson: Woher sollte ich denn wissen, daß die beiden auch dabei waren?

Ole: (verdutzt) Oh, ich . . . das ist dumm . . . ja, dann gute Nacht, Herr Gustafson.

Gustafson: Gute Nacht, Ole. Übrigens, wenn es dich interessiert: Knut Varnholm fährt morgen mittag um ein Uhr mit dem Autobus . . .

Die Zeit der Abreise ist schneller gekommen als gedacht. Knut hat schon seine Tasche in der Hand, als Herr Gustafson mit einer Riesentafel Schokolade aus dem Laden kommt.

Gustafson: Hier hast du noch Reiseproviant . . .

Knut: Danke. Sie waren so gut zu mir, Herr Gustafson.

Gustafson: Ach was. Da war eine Menge Egoismus dabei . . .

Knut: Egoismus?

Gustafson: Ja. Ich wäre auch gern ein Großvater wie dein Großvater, dann hätte ich auch Enkel ... So muß ich schon zufrieden sein, daß ab und zu mal jemand eine alte Karte findet ...

Knut: Aber Sie könnten uns doch besuchen ...

Gustafson: Meinst du? Hm ... gar keine so schlechte Idee ... Ich werde es mir durch den Kopf gehen lassen ... Und jetzt halte mal deine Hand her, damit ich dir die Abendeinnahmen von gestern überreichen kann. Also ... 20 und 9 plus 6, das macht nach Adam Riese 35 Kronen. Hin- und Rückfahrt!

Knut: Jetzt habe ich ein richtig schlechtes Gewissen.

Gustafson: Dazu hast du keinerlei Veranlassung, mein Sohn. (geheimnisvoll) Aber noch ist das Versprechen auf der Karte nur zur Hälfte eingelöst ... hier, nun stimmt alles!

Knut: (entgeistert) Aber ... das – sind – ja – 200 Kronen ...

Gustafson: Und hier ist noch eine Puppe für Kirsten ... Und jetzt müssen wir uns ganz schön beeilen, wenn uns der Autobus nicht vor der Nase wegfahren soll ...

Es sind nicht viele Fahrgäste, und so kann Knut sich einen Fensterplatz aussuchen.
Aber noch ist es Zeit.
Nachdem er seine Tasche verstaut hat, springt er noch einmal hinaus zu Herrn Gustafson. Keiner von ihnen bemerkt die sechs zerschrammten Beine, die unter der Fahrplantafel hervorgucken, und die zu jenen gehören, die sich alle Mühe geben, recht viel von dem zu verstehen, was zwischen Herrn Gustafson und dem fremden Jungen gesprochen wird. Wenn sie damit auch nicht viel Glück haben, so verstehen sie doch eines ganz genau ... und das zu dem Zeitpunkt, wo sich der Autobus in Bewegung setzt ...

Knut: (rufend) Und vielen, vielen Dank für die zweihundert Kronen, Herr Gustafson ...

Ja, da hat es den dreien doch die Sprache verschlagen. Zumindest für einige Sekunden ...

Ole: (fassungslos) Habt ihr es gehört ... Herr Gustafson hat ihm zweihundert Kronen gegeben ... (klopft sich vor die Stirn) Und ich Esel gehe gestern abend zu ihm hin und liefere sechs Kronen ab ... Alles, was ich in meiner Sparbüchse hatte ...

Holger: (erregt) Du hast sechs Kronen hingeschafft? Und ich neun. Neun Kronen ... Fast einen ganzen Fußball ...

Frederik: (ganz ruhig) Was wollt ihr? In meiner Sparbüchse waren zwanzig Kronen ...

Ole: Und du hast ...?

Frederik: Ja, ich habe sie hingebracht.

Ole: Mensch, da hat uns der geizige Gustafson aber ganz gewaltig drangekriegt ... 35 Kronen ... und noch dazu 200 ...

Holger: Was ist mit dir, Frederik ...

Frederik: Ich ... ich muß euch etwas sagen ... Mit dem ‚geizigen' Gustafson scheint es nicht ganz zu stimmen ...

Ole: Wie meinst du das ... hier oben? (tippt sich an die Stirn)

Frederik: Nein, mit dem Geiz. Er ist gar nicht geizig ... Ich habe heute morgen durch Zufall in der Kanzlei meines Vaters ein Schriftstück liegen sehen ... Es stand der Name Gustafson drauf ...

Holger: Unser Gustafson?

Frederik: Ja, Erik Gustafson ... Es war ein Schenkungsvertrag.

Ole: (mißtrauisch) Was hat er denn verschenkt?

Frederik: Er hat der Stadt Varnäs das gesamte Gelände für die Spiel- und Sportanlagen geschenkt ...

Ole: (entgeistert) Nein ...

Frederik: Doch ! !

Holger: Aber niemand wußte davon ...

Frederik: Das war seine Bedingung ...

Ole: Dann ist der geizige Gustafson ja gar nicht geizig ... Das ist mir aber peinlich ...

Frederik: Wieso? Was ist dir daran peinlich?

Ole: Daß mein Vater wieder einmal recht gehabt hat. Der hat nämlich behauptet, daß man es den Menschen nie ansieht, was in ihnen steckt ...

Wie Cisko zweimal zu seinem Esel kam

Die Personen:

Cisko, ein Junge, der einen tollen Fund macht und dafür einen vierbeinigen Finderlohn erhält.

Alfredo, Ciskos Arbeitskollege in der Zunft der Schuhputzerjungen.

Clifford West, ein englischer Fachmann in Sachen Wasser, der die ganze Geschichte erzählt.

Don Pedro, der reichste Mann von Alemeno, der im letzten ten Augenblick von Gewissensbissen geplagt wird.

Monsieur Setit, ein Franzose, der sich in aller Frühe die Schuhe putzen läßt und dabei seine Brieftasche verliert.

Monteur, Angestellter in den Paroli-Garagen.

Portier, ein Mann in Uniform, der sich eine ganze Menge auf seine Goldtressen einbildet.

Vater von Cisko, der eine Menge Schulden bei Don Pedro hat.

Cisko: (heranstürmend) Señor West ... hallo, Señor West ...
West: Was gibt's, Cisko?
Cisko: (kommt zur Tür herein) Mutter läßt ausrichten, daß die Tortillas fertig sind.
West: (lächelnd) Danke, Cisko. Sag' deiner Mutter, daß ich gleich komme.
Cisko: Ist gut. (senkt Stimme) Ich muß Ihnen aber noch was verraten.
West: Na??
Cisko: Mutters Tortillas sind heute ein bißchen daneben geraten.
West: (lachend) Das laß sie nur nicht hören, Cisko ...
Cisko: Nicht einmal Pio mag sie ...
Mutter: (weit entfernt) C i s k o ... C – i – s – k – o ...
Cisko: (seufzt) Oh, Señor, da hören Sie es. Nicht eine einzige ruhige Minute hat man ... Adios ...
West: Bis gleich, Cisko ...

Das war Cisko. Von ihm möchte ich erzählen.

Ich selbst heiße Clifford West und komme aus London. Und noch eine dritte Tatsache: ich bin zur Zeit der einzige Tourist in Alemeno, einem kleinen Dorf mit 746 Einwohnern in der weiteren Umgebung von Madrid. Vor über einem Jahr war ich beruflich hier, um im Auftrag der Provinzregierung für Alemeno einen Bewässerungsplan auszuarbeiten.

Ich habe damals eine Menge Freunde gewonnen, und als ich nach vielen Wochen Abschied von ihnen nahm, mußte ich versprechen, wiederzukommen.

Nun, ich habe mein Versprechen gehalten. Seit vier Tagen bin ich wieder in Alemeno. Diesmal allerdings mit den Händen in der Tasche.

Doch ich wollte von meinem kleinen Freund Cisko erzählen ...

Ich lernte ihn kennen, als ich gerade erst zwei Tage in Alemeno weilte. Es geschah am Ziehbrunnen, wo es mir ein-

fach nicht gelingen wollte, mit diesem baufälligen und altertümlichen Apparat zurechtzukommen.
Cisko freute das diebisch. Und es machte ihm ein Riesenvergnügen, mir zu zeigen, wie einfach doch die Bedienung sei.
Von diesem Tag an kam er fast täglich zu mir. Ich erfuhr, daß sein Vater, einer der ärmsten Bauern der Umgebung, sich von früh bis in die Nacht hinein abrackern mußte, um seine acht Kinder satt zu bekommen. Ich erfuhr, daß die letzte Ernte so gut wie nichts eingebracht habe und daß sie bis über die Ohren verschuldet seien.
Ciskos Wißbegier war kaum zu stillen. Alles wollte er ganz genau wissen. Wie es in England sei, was man dort esse und ob die Schulen Strohdächer haben. Er erkundigte sich, ob es in den Klassenzimmern Mäuse gäbe und ob es stimme, daß London das ganze Jahr über nicht aus dem Nebel herauskomme.
Eines Tages erfuhr ich auch, daß er kürzlich sehr krank gewesen sei. Das war, als ‚Amigo', sein Esel, ganz plötzlich eingegangen war. Von ihm, seiner Klugheit, seiner Anhänglichkeit, erzählte er mir wahre Wunderdinge. So galt es als hundertprozentig sicher, daß ‚Amigo' jedes Wort, das Cisko sprach, auch verstand.
Doch dann begannen die Ferien, und ich sah ihn nur noch selten.
Cisko hatte nämlich eine Ferienbeschäftigung. Jeden Morgen gegen vier Uhr fuhr er mit dem Milchauto nach Madrid und kam immer erst zu später Stunde wieder nach Hause. In der Zwischenzeit übte er in der Hauptstadt das ehrbare Gewerbe des ‚Schuhputzens' aus.
Jede Peseta lieferte er zu Hause ab. Das war sein Beitrag zum Familienunterhalt.
An einem solchen Ferienarbeitstag ereignete sich auch die Geschichte, von der ich jetzt berichten möchte . . .
Es war ein Montagmorgen, als das Milchauto klappernd und ratternd die Stadt erreichte. Wie immer hielt es an der Basilika. Cisko sprang herunter, sagte sein morgendliches

‚Dankeschön' und spazierte in aller Ruhe zu seinem Standplatz. Das Milchauto verschwand lärmend nach der anderen Seite.
Cisko stellte seine Kiste zurecht, sortierte die Cremeschachteln und Lappen und setzte sich an den Bordstein. Es war die Stunde der Büroangestellten, die jetzt in ihre Kanzleien hasteten. Von ihnen ließ sich um diese Zeit keiner die Schuhe putzen. Erst später, wenn die Stunde der Touristen begann, würde sich das Geschäft beleben ... Langsam begann der Fußgängerstrom etwas abzuflauen ...
Cisko wollte gerade einen Sprung zu Alfredo gegenüber machen, als es hinter ihm grell quietschte. Erschrocken machte er einen Satz zur Seite ...

(Autotür)

Setit: (mit französischem Akzent) Hallo, mein Sohn, was siehst du mich so erstaunt an?

Cisko: (vorwurfsvoll) Ich bin erschrocken, Señor ...

Setit: Das tut mir leid. Ist dein Geschäft schon geöffnet?

Cisko: (verdutzt) Mein ... Geschäft? ... (versteht plötzlich) O ja, Señor ... bitte ...

Setit: Ich habe es eilig, mein Sohn. Putz doppelt so schnell, und ich werde dich doppelt bezahlen ...

Cisko: (fest hantierend) Ja, Señor ... Sie werden zufrieden sein ...

Und Cisko putzte und polierte, als ob es um sein Leben ginge. Fünf Minuten später war es geschafft. Cisko wollte es gar nicht fassen, als ihm sein erster Kunde 50 Peseten in die Hand drückte. Und ebenso schnell, wie dieser seinen Wagen zum Stehen gebracht hatte, fuhr er wieder ab, mit laut kreischenden Reifen.
Sekundenlang blickte Cisko dem davonfahrenden Wagen nach.
Als er sich dann wieder umwandte, sah er sie liegen ... Eine

Brieftasche ... sie lag unmittelbar neben seinem Klappschemel ...
Cisko sah nach rechts ... sah nach links. Aber da war niemand, dem die Brieftasche gehören konnte ...
Er bückte sich. Ohne Zweifel war sie seinem Kunden wieder aus der Tasche gerutscht, als er sie vorhin nach dem Bezahlen zurückgesteckt hatte. Vorsichtig klappte Cisko sie auf ... und starrte fasziniert auf ein dickes Bündel Geldscheine ... Er schluckte und begann plötzlich schneller zu atmen ... Seine Knie zitterten ... und vor seinen Augen sah er seinen Vater ... die vielen Geschwister ... und er sah Don Pedro ... und wieder sah er das Geld. Es war so viel, daß die Seinen auf viele, viele Jahre hinaus aller Sorgen ledig gewesen wären ... Doch ebenso schnell wie die frevlerischen Gedanken von ihm Besitz ergriffen hatten, schwanden sie wieder. Die Brieftasche faßte sich weniger heiß an, und Cisko begann wieder klar zu denken. Er deckte seinen Klappschemel ab und machte sich auf den Weg zu seinem Kollegen Alfredo. So etwas mußte unter Freunden besprochen werden ...

Cisko: (etwas außer Atem) Alfredo ... wo willst du hin? ... Warte doch ...

Alfredo: Komm mit, ich geh nur eine Limonade trinken. Ist doch noch nichts los.

Cisko: Ich kann nicht mitgehen. Ich will dich nur etwas fragen ... Hier, das habe ich gefunden. Neben meinem Schemel ...

Alfredo: (interessiert) Eine Brieftasche ... (pfeift durch die Zähne) Ist wenigstens was drin?

Cisko: Sie gehört einem meiner Kunden ... Er hat mir fünfzig Peseten für eine Politur gegeben.

Alfredo: Ein Ausländer?

Cisko: Bestimmt. Er sprach mit einem Akzent. Vielleicht ein Franzose ... Hier, sieh selbst ...

Alfredo: (fassungslos) Heilige Mutter, ist das eine Menge

Geld. Dollar ... englische Pfundnoten ... Peseten ... das hier sind französische Franc ...

Cisko: Und das hier?

Alfredo: (gibt sich fachmännisch) Das sind Reiseschecks ... Traveller-Schecks heißen die. Die sind so gut wie Bargeld.

Cisko: Wie soll ich aber den Verlierer finden?

Alfredo: (als habe er sich verhört) Was??? Du willst ihm das zurückgeben? Das viele Geld?

Cisko: Was denkst du ... Er hat mir fünfzig Peseten gegeben ...

Alfredo: Schön dumm ...

Cisko: Vielleicht gibt er mir einen Finderlohn ... Wenn ich nur wüßte, wie ich ihn finde.

Alfredo: Laß sehen, vielleicht hat er einen Paß in der Brieftasche ...

Cisko: Nein, ich habe schon geguckt. Kein Ausweis, keine Karte mit Namen ... gar nichts!

Alfredo: Warte, hier ist was ... das ist doch eine Visitenkarte. (buchstabiert) Robert Setit, Rue Madeleine, Lyon. Also doch ein Franzose ...

Cisko: Vielleicht war er hier nur auf der Durchreise. Er hatte es ganz schrecklich eilig.

Alfredo: Hier steckt noch was ... das ist eine Quittung ... Paroli-Garagen ...

Cisko: (lebhaft) Die kenne ich ... die sind in der Avenida Bodoli.

Alfredo: Zweihundert Peseten hat er dort bezahlt.

Cisko: Ich gehe einfach hin und frage, ob die wissen, wo er wohnt.

Alfredo: Schön dumm von dir ...

Cisko: Auf keinen Fall gebe ich es auf der Polizei ab. Da kriege ich nie einen Finderlohn ... Also, Alfredo, wirf mal einen Blick auf mein Zeug. Ich laufe jetzt zur Avenida Bodoli ...

Alfredo: (ruft ihm nach) Ein Eis könntest du schon von deinem Finderlohn bezahlen ...

Cisko: (ruft zurück) Später, Alfredo ...

Fast eine Stunde brauchte Cisko bis zur Avenida Bodoli. Die Brieftasche hielt er während des gesamten Weges mit beiden Händen fest umklammert. Staunend stand er dann in der riesigen Garagenhalle, wo man sein eigenes Wort kaum verstehen konnte . . .

Monteur: He, merkst du nicht, daß du überall im Weg bist. Was willst du eigentlich hier?

Cisko: Ich wollte nur was fragen, Señor . . .

Monteur: (ungeduldig) Dann frag' schon. Aber eines sage ich dir: gebettelt wird hier nicht!!

Cisko: Ich bin kein Bettler!! Ich wollte fragen, ob Sie einen Monsieur Robert Setit kennen. Er hat seinen Wagen hier in der Garage gehabt . . .

Monteur: (nachdenklich) Setit . . . Setit . . . Hm . . . natürlich, das ist der splendible Franzose, der im . . .

Cisko: (freudig) Ja, Señor . . . wo wohnt er . . . können Sie mir das sagen?

Monteur: Was willst du denn von ihm?

Cisko: Ich muß ihn unbedingt sprechen. Können Sie mir sagen, ob er hier in der Stadt wohnt?

Monteur: Hm . . .

Cisko: Bitte, Señor!

Monteur: Ist es denn so wichtig?

Cisko: Ja, er hat etwas verloren, und ich habe es gefunden.

Monteur: Na, meinetwegen. Er wohnte, aber ob er es noch tut, weiß ich nicht, im Hotel Esplanade.

Cisko: Vielen, vielen Dank, Señor . . .

Es war Ciskos Pech, daß das ‚Esplanade' wiederum ein ganzes Stück entfernt war. Doch diesmal tat er etwas ganz Leichtsinniges: er benutzte den Omnibus. Als er die vornehme Fassade des Hotels, und den noch vornehmeren Portier sah, zögerte er einen Augenblick, doch dann nahm er sich ein Herz und ging geradewegs auf den Goldbetreßten zu.

Portier: Halt! Wo willst du Dreckspatz hin? Gebettelt wird hier im Hotel nicht!

Cisko: Ich will nicht betteln ... (zornig) Ich habe noch nie gebettelt!

Portier: Scher dich weg. Vor dem Hotel hast du ebenfalls nichts zu suchen! (drohend) Und wenn du nicht sofort deine Beine in die Hand nimmst, rufe ich den Polizisten dort drüben.

Cisko: Aber ich muß unbedingt Monsieur Setit sprechen!

Portier: Monsieur Setit??

Cisko: Ja, Señor!

Portier: Was willst du von ihm? Hat er dich hierher bestellt?

Cisko: Nein ... ich möchte ihm etwas zurückgeben, was er verloren hat.

Portier: (freundlich) Oh, dann hast du am Ende wohl gar seine Brieftasche gefunden?

Cisko: (eifrig) Ja, Señor ... und nun möchte ich sie gern zurückgeben.

Portier: Erwartest wohl ein dickes Trinkgeld, was?

Cisko: (trotzig) Kann ich zu ihm?

Portier: Er ist nicht im Hotel. Er fährt überall umher und sucht nach seiner Brieftasche ... Aber du kannst sie mir ja geben. Wenn er zurückkommt, händige ich sie ihm aus. Hier hast du fünfzig Peseten!

Cisko: Nein, ich warte lieber ...

Portier: (hochmütig) Wie du willst. Aber dann bitte drüben auf dem Parkplatz ...

Cisko: Besten dank, Señor ...

Cisko begab sich unverzüglich auf den Parkplatz. Die erste Stunde verging ... eine zweite ... Es wurde heißer und heißer. Da endlich sah er Monsieur Setits Wagen auf den Parkplatz einbiegen. Cisko sprang auf und ging auf den Wagen zu. Doch der Mann aus Lyon stieg aus, ohne Cisko zu beachten. Seine Stirn war gefurcht, und es gehörte nicht viel Menschenkenntnis dazu, um zu sehen, daß Monsieur Setit von Sorgen geplagt war.

Cisko: (zaghaft) Hallo, Monsieur Setit ...

Setit: (gedankenverloren) Bitte ... hier, eine Peseta. Mehr habe ich leider im Augenblick nicht ...

Cisko: Aber Señor, kennen Sie mich denn nicht mehr? Ich bin doch kein Bettler ...

Setit: Nicht? ... Ja, ich erinnere mich dunkel ...

Cisko: Ich habe Ihnen doch heute früh die Schuhe geputzt. Sie hatten es sehr eilig ...

Setit: Stimmt. Ich mußte dringend nach Toledo ... Aber meine Schuhe sind noch ganz in Ordnung ... Es ist schon gut ...

Cisko: Monsieur, ich bringe Ihnen etwas zurück ... Sie hatten Ihre Brieftasche bei mir verloren ...

Setit: (erwachend, fassungslos) Du hast ... du hast meine Brieftasche gefunden ... du hast wirklich meine Brieftasche gefunden?

Cisko: (stolz) Hier!!

Setit: Ich finde keine Worte ... Junge, mein Sohn ... du hast ja keine Ahnung ...

Cisko: Sie waren sicher in Sorge ...

Setit: (man spürt, welche Belastung von ihm fällt, er wird immer gelöster, das südliche Temperament kommt zum Durchbruch) In Sorge? Du ahnungsloser Engel ... ich war verzweifelt, halb tot, dem Aufhängen nahe, ich war kaum noch ein Mensch ... Fast mein ganzes Vermögen habe ich leichtsinnigerweise in meiner Brieftasche herumgeschleppt ... Und du ... du kommst so einfach hierher und sagst, daß du sie gefunden hast ... laß dich umarmen, mein Sohn. Wie hast du mich denn ausfindig gemacht?

Cisko: In der Brieftasche war eine Quittung von der Paroli-Garage. Und dort hat man mir gesagt, daß Sie hier wohnen ...

Setit: Du bist nicht nur ein guter, du bist sogar ein kluger Schuhputzer . . . (mit Betonung) Mein Sohn, du hast dir unschätzbare Verdienste um die Familie derer von Setit erworben. Und da ein echter Setit noch nie jemanden etwas schuldig geblieben ist, hast du jetzt einen Wunsch frei. Wünsche dir, was du willst. Und wenn es in meiner Macht steht, werde ich dir deinen Wunsch auch erfüllen.

Cisko: (zögernd, sehr zaghaft) Einen Wunsch hätte ich schon, Señor . . .

Setit: Aber ich habe eine Bedingung – er darf nicht zu bescheiden sein!! Also, wünsch dir was!

Cisko: Ich hätte gern . . . einen Esel, Señor.

Setit: (für einen Moment erstaunt) Einen Esel?? Einen Esel?? Ja, warum nicht einen Esel? Du kriegst einen Esel. Den schönsten Esel . . . ja, du kriegst den schönsten Esel, der in ganz Spanien aufzutreiben ist . . . In meiner Brieftasche ist so viel Geld, daß du dir tausend Esel hättest kaufen können. Warum soll ich dir jetzt nicht einen schenken?!

Cisko: (ungewiß) Ist das nicht sehr unbescheiden?

Setit: Mein Sohn, das ist es nicht! Und deshalb werde ich dir noch 1000 Peseten geben, damit dein Esel auch etwas zu fressen bekommen kann . . . Ich meine, etwas Gutes. Hm . . . wo kriegen wir aber einen Esel-her?

Cisko: (sich überschlagend) Oh, ich weiß einen guten Händler hier in der Stadt . . . Der hat die schönsten Esel, die man sich wünschen kann. Mit Ihrem Auto wären wir in einer Viertelstunde dort . . .

Setit: Na also! Worauf warten wir noch? . . . Nichts wie hin!

Cisko gab ihm den Namen Pio. Es war sozusagen Liebe auf den ersten Blick.

Pio zählte ganze vier Lebensmonate und stakte auf dünnen Eselsbeinen lustig in die Welt. Cisko war so glücklich, daß ihm dicke, runde Freudentränen über die Wangen rollten.

Nachdem ihm Monsieur Setit auch noch seine Schuhputzutensilien geholt hatte, machte sich Cisko auf den Weg zum 20 Kilometer entfernten Alemeno. Alle zweihundert Meter blieb er stehen, legte Pio die Arme um den Hals und flüsterte ihm zärtliche Koseworte in die langen, schmalen Ohren, die sich dann jedesmal wie Propeller drehten. So war es nicht verwunderlich, daß die beiden für den Weg gute sechs Stunden brauchten und über Alemeno bereits die Nacht hereinbrach, als sie todmüde und über und über mit Staub bedeckt, dort ankamen.
Zwei Tage blieb Cisko zu Hause, putzte den Stall und bereitete Pio ein sauberes, weiches Lager. Dann aber fuhr er wieder jeden Morgen in die Stadt. Kam er am Abend zurück, führte ihn sein erster Weg zu Pio. Beide waren dann die glücklichsten Geschöpfe von Alemeno. Zärtlich rieb Pio seine samtweichen Nüstern an Cisko, während dieser ihm von seinem Tagesablauf in der Stadt erzählte.
Cisko ließ es sich auch nicht nehmen, im Stall zu schlafen. Es waren ungetrübte Tage des Glücks ... Und doch schwebte das Verhängnis schon über ihnen ...
Es kam an einem Freitagvormittag.
Cisko war wie üblich in der Stadt. Seine Geschwister spielten irgendwo am Fluß, die Mutter stand am Waschzuber, und sein Vater war gerade dabei, den Herd zu reparieren, als er schwere Schritte hinter sich hörte ...

Vater: (erstaunt) Oh, Don Pedro ... was verschafft mir die Ehre ...

Don Pedro: (fett, selbstgefällig, herablassend) Du fragst recht dumm, Bauer ...

Vater: (unbehaglich) Darf ich Ihnen einen Krug Wein anbieten, Don Pedro?

Don Pedro: Ich will keinen Wein. Ich will mich mit dir unterhalten, hast du mich verstanden?

Vater: Gewiß, Don Pedro ... Ich weiß, daß ich Ihnen eine Anzahl Peseten schulde ...

Don Pedro: (aufgebracht) Sprich nicht von einer Anzahl. Sprich von einem Vermögen ... Ich habe dir Getreidesaatgut gegeben ... einen Vorschuß auf die Olivenernte ... du wolltest es zurückzahlen ...

Vater: Ich weiß ... es war eine schlechte Ernte.

Don Pedro: Auch Saatmais habe ich dir vorgestreckt ...

Vater: Ich weiß, ich weiß ... zwei Kinder waren krank, Don Pedro ... der Esel ist gestorben ... Ich habe doch auch etwas zurückbezahlt ...

Don Pedro: Ja, 2000 Peseten ... Ganze 2000 ... (laut) 15 000 habe ich dir aber gegeben, Bauer ...

Vater: (entsetzt) Es waren 10 000, Don Pedro ... Sie müssen mich mit jemandem verwechseln ...

Don Pedro: Und die Zinsen? Denkst du nicht an die Zinsen, Bauer? Bin ich vielleicht ein Wohltätigkeitsverein? (heftig) Was ist jetzt – willst du nun zahlen ... oder nicht?

Vater: (verzweifelt) Ich kann nicht ... es reicht weder hin noch her ... Selbst, wenn ich wollte ... Sie müssen noch Geduld haben, Don Pedro.

Don Pedro: (kalt) Ich brauche mein Geld. Und zwar sofort ... Mir ist zu Ohren gekommen, daß du einen neuen Esel hast?

Vater: (erschrocken) Ein ganz junges Tierchen ...

Don Pedro: Eben. Es frißt nur, ohne etwas dafür zu leisten ... Es könnte bei mir einen Teil deiner Schuld löschen ...

Vater: Das können Sie nicht von mir verlangen, Don Pedro. Der Esel gehört Francisko ... Er hat ihn zur Belohnung bekommen ... er hängt sehr an dem Tier ...

Don Pedro: Papperlapapp, wie kann man an einem Esel hängen ... Ich nehme den Esel mit und streiche 2000 Peseten auf deinem Konto ...

Vater: (tonlos) Es geht nicht ... wie soll ich das dem Jungen sagen ...

Don Pedro: (zynisch) Bist du sein Vater – oder ich? Ich nehme den Esel mit und damit basta. Ich fahre morgen sowieso in die Stadt. Da werde ich das Tier verkaufen ...

Vater: (verzweifelt) Ich bin in Ihrer Schuld, Don Pedro, aber den Esel können Sie nicht nehmen!

Don Pedro: Dann lege auf der Stelle 2000 Peseten auf den Tisch!

Vater: Ich habe sie nicht.

Don Pedro: Dann tut es mir leid. Wenn du willst, kann ich dir auch einen Pfändungsbeschluß des Gerichts bringen. Los, hole den Esel. Ich habe meine Zeit nicht gestohlen ...

Cisko kam wie immer gegen 19 Uhr aus der Stadt. Fröhlich pfeifend ging er durch Alemeno. Grüßte Señora Tanto, machte im Vorbeigehen einen Diener vor Señor Calotti und winkte Señorita Juana zu.
Zuerst bemerkte er es gar nicht. Doch als sich die Señorita so auffällig abwandte und im Haus verschwand, stutzte er ... Was hatte sie? Dann fiel ihm auch ein, daß Señor Calotti so eigenartig tat ... Cisko wurde plötzlich von einem dumpfen Gefühl gepackt und spürte mit erschreckender Deutlichkeit, daß etwas geschehen sein mußte. Unbewußt beschleunigte er seine Schritte – und, er hielt den Atem an, als er dic Stalltür aufstieß ...

Cisko: Hallo, Pio ... (flüstert) Pio ... wo steckst du denn? (lauter) Hallo, Pio ... warum bist du denn nicht da? (plötzlich laut) Vater!! ... Mutter! ... Wo ist Pio ... Vater!

Vater: Ja, Cisko ...

Cisko: (erstickt) Vater ... was ist mit Pio geschehen?

Vater: Ich will es dir erzählen ... komm, wir setzen uns hier auf den Stein ...

Wohl fast zwei Stunden blieb Cisko wie versteinert vor dem Stall sitzen. Er konnte es nicht fassen ... Dann irrte er eine Zeitlang durch die Gegend ... Es muß gegen neun Uhr abends gewesen sein, als es an meine Tür klopfte ...

West: Herein!!

Cisko: (leise) Guten Abend, Señor West ... darf ich hereinkommen?

West: Hallo, Cisko. Natürlich, komm nur herein! Setz dich!

Cisko: Ich will lieber stehen ... (schluckt) Haben Sie schon gehört, was man mit meinem Esel gemacht hat?

West: Ja, Cisko, und wenn du meine Meinung hören willst: Es war nicht sehr anständig von Don Pedro.

Cisko: Vater konnte sicher nichts machen ... Wir haben eben noch zu viele Schulden bei ihm ... (verzweifelt) Aber es war doch mein ... mein eigener Esel ... Pio wird es nie wieder so gut haben.

West: Ich kann dich schlecht trösten, Cisko. Aber ich kann mir gut denken, wie dir zumute ist.

Cisko: Wissen Sie, was Don Pedro zu Vater gesagt hat? Er will morgen in die Stadt fahren und Pio verkaufen ...

West: Vielleicht bekommt er wieder einen guten Herrn ...

Cisko: (hoffnungsvoll) Glauben Sie, Señor West, daß Pio an mich denkt?

West: Ganz bestimmt. Er wird sich sicherlich nach dir zurücksehnen ... und bestimmt ist er ebenso traurig wie du ...

Cisko: Und sie meinen, daß er sich freuen würde, wieder bei mir zu sein?

West: Ich bin davon überzeugt, Cisko.

Cisko: Vielen Dank, Señor ... und gute Nacht ...

West: Gute Nacht, Cisko. Trag' es wie ein Mann ... Kopf hoch!!

Als Cisko ging, machte er einen fast fröhlichen Eindruck. Und ich war nahe daran, diese Fröhlichkeit auf meine

Trostworte zurückzuführen. Hatte ich doch zu diesem Zeitpunkt nicht den Schimmer einer Ahnung von dem, was ich mit meinen unüberlegten Worten angerichtet hatte. Stolz auf meine Geschicklichkeit genehmigte ich mir einen ordentlichen Schluck feurigen spanischen Weines, schob meine Arbeit endgültig zur Seite und beschloß, einmal zeitig schlafen zu gehen. Ich schlief auch sofort ein und träumte von angenehmen Dingen. Während i c h friedlich einem neuen Morgen entgegenschlummerte, ging es einige Häuser weiter weniger friedlich zu.

Es war kurz nach Mitternacht, als sich die Tür zu Pios Stall leise öffnete . . .

Vorsichtig streckte Cisko seinen Kopf heraus und vergewisserte sich, daß niemand da war, der ihn sehen konnte . . . Geschmeidig wie eine Katze huschte er dann im Schatten der Häuser dem Ortsausgang zu. Am Piniendreieck bog er nach rechts ab. Als er vor sich die hellen Wände eines größeren Gebäudekomplexes auftauchen sah, blieb er stehen . . . Nichts war zu hören. Kein Laut drang in die Dunkelheit, und da es total windstill war, raschelten nicht einmal die Blätter auf den Bäumen . . .

Meter um Meter schob sich Cisko weiter an die Häuser und Anbauten heran. Dann lehnte er sich mit klopfendem Herzen an die Wand eines flachgebauten Stalles . . . Hinter welcher Tür würde wohl Pio stecken . . . Vier Türen gab es . . . Doch Cisko hatte Glück . . . Vorsichtig tastete er sich an die erste Tür heran.

Nur ein leises Knarren war zu hören, als er sie behutsam zurückschob . . .

Cisko: (flüstert) Pio . . . (ihn entdeckend) Pio, da bist du ja . . . Oh, mein Pio . . . (Stroh raschelt) Psst!!! Pio, wir müssen ganz leise sein. Niemand darf uns hören . . . Ich habe alte Lappen mitgebracht, die werde ich dir um die Hufe wickeln . . . (Stroh raschelt) Bleib stehen, Pio . . . es tut nicht weh . . . Ich mache ganz schnell . . .

Es dauerte wirklich nur knappe fünf Minuten, und Cisko hatte seinem Pio die Hufe dick mit alten Lappen umwickelt . . .

Cisko: So, das wäre geschafft . . . Jetzt dürfen wir niemandem begegnen . . . Oh, Pio, ich bin so froh, daß ich dich wieder habe . . .

So verschwanden Cisko und sein Esel. Und kein Mensch hatte eine Ahnung, wo sie hingegangen waren. Niemand hatte beobachtet, daß Cisko den Weg zu den Bergen eingeschlagen hatte.
Und wieder kam ein neuer Tag. Er brachte eine Menge Aufregungen mit sich.
Was man sich zunächst im Dorfe zuflüsterte, erzählte man sich bald laut in allen Stuben, Schenken und Hausecken: Cisko und sein Esel waren verschwunden. Und wie das so ist, bildeten sich auch bald zwei Parteien. Eine riesengroße, die dem reichen Don Pedro den Reinfall gönnte und die volles Verständnis für Cisko hatte, und eine winzigkleine Gruppe, die Don Pedro nach dem Mund redete, weil sie von ihm abhängig war . . . Don Pedro selbst drohte mit erhobener Faust, während Ciskos Eltern und Geschwister vor Angst und Sorge kaum noch schlafen konnten.
Als Cisko jedoch nach drei Tagen immer noch nicht aufgetaucht war, begann sich die Sorge im ganzen Dorf zu verbreiten . . .
Am vierten Tag stellte der Bürgermeister einen Suchtrupp zusammen, dem sich am fünften auch noch Polizeibeamte zugesellten. Auch die Knechte von Don Pedro beteiligten sich an der Suche.
Nach vierzehn Stunden kehrten sie allesamt müde und erschöpft zurück. Von Cisko und seinem Esel Pio hatten sie keine Spur gefunden.
Am Morgen des siebenten Tages nach Ciskos Verschwinden

zog ich mit zwei Hilfskräften aus dem Dorf hinaus in die Berge, um das Gefälle einer Quelle zu erkunden und zu berechnen. Mittags, als die Sonne am höchsten stand, und über Tal und Mulden eine glühendheiße Dunstwolke lag, machten meine Gehilfen Siesta. Auch ich legte mich etwas aufs Ohr ... Doch plötzlich vernahm ich ein Geräusch. Es klang wie das ängstliche Rufen eines Tieres ... Ich erhob mich, um nach der Ursache zu forschen. Nachdem ich eine Viertelstunde herumgeklettert war, öffnete sich mir mit einem Mal der Ausblick in ein winzig-kleines Tal unter mir ...

Und am Rande dieses Tales lagerten Cisko und sein Esel ... Zuerst wollte ich rufen ... der nächste Impuls wollte mich hinunterklettern lassen, aber dann kam mir ein großartiger Gedanke ... Vorsichtig schob ich mich von meinem Beobachtungsposten zurück und machte mich auf zum Lagerplatz, wo meine Gehilfen inzwischen den Schlaf aller Gerechten schliefen. Ich weckte sie mit zwei sanften Boxhieben und teilte ihnen mit, daß ich gewillt sei, für heute Schluß zu machen. Wie erwartet, erhoben sie keinerlei Widerspruch. Zwei Stunden später trafen wir in Alemeno ein, und wieder eine halbe Stunde später war ich bereits bei der Ausführung meines grandiosen Einfalls ...

Knecht: Bitte, Señor, was wünschen Sie?

West: Ich möchte gern Don Pedro sprechen!

Knecht: Don Pedro? Don Pedro ist für niemanden zu sprechen ... (flüstert) Zur Zeit ist nicht gut Kirschen essen mit ihm, Señor ... (laut) Wollen Sie es nicht zu einem anderen Zeitpunkt versuchen?

West: Nein, das will ich nicht. Gehen Sie und melden Sie mich an!

Knecht: Aber er hat mir extra gesagt ...

West: ... Ist schon gut. Sagen Sie ihm, der englische Ingenieur sei da und müsse mit ihm über Bewässerungsfragen sprechen ...

Knecht: (fühlt sich gar nicht wohl in seiner Haut) Wenn Sie meinen, Señor. Ich kann es ja versuchen ...

Fast zehn Minuten mußte ich warten. Zeit genug, um mich ein wenig umzusehen. Es war alles sehr gepflegt und gediegen. Schon die Einrichtung ließ erkennen, daß hier kein armer Mann wohnte. Endlich tauchte der Knecht wieder auf. Sein Blick war vorwurfsvoll, als er mir erklärte:

Knecht: Bitte, Señor, Sie möchten eintreten. (flüstert) Sehr schlechte Laune. Er hat ein Buch nach mir geworfen! (Schritte, Geräusch der Tür)

West: Guten Tag, Señor ... mein Name ist Clifford West.

Don Pedro: (mürrisch) Sie wollten mich wegen der Bewässerung sprechen?

West: Nein, das wollte ich nicht!

Don Pedro: Nicht??? Dann hat dieser Esel von Pepe wieder einmal falsch gehört.

West: Hat er nicht. Aber ich hielt es für richtig, ihm den wahren Grund nicht zu sagen.

Don Pedro: (mißtrauisch) Wieso ... was haben Sie denn für einen Grund?

West: Ich wollte mit Ihnen über Cisko und den Esel Pio reden ...

Don Pedro: (winkt aufbrausend ab) Ich kann diese Namen schon nicht mehr hören ... Diese Namen haben mich ruiniert ... haben mein Ansehen untergraben ... Nennen Sie nicht noch einmal diese Namen ... Alle Welt hält mich für den schlimmsten Bösewicht ... Ich hätte den Jungen in den Tod getrieben, flüstern sie sich zu ... Ich ... verstehen sie, ich, der ich keiner Fliege etwas zuleide tun kann ... Die Leute gucken mich nicht mehr an ... (stöhnt) Dabei bin ich der reichste Mann von Alemeno ... (seufzt) Was habe ich getan, daß mich die Leute so behandeln ... War ich nicht im Recht?!

West: Waren Sie das wirklich, Don Pedro? Warum versuchen Sie nicht die Leute zu verstehen ... Sie sollten nicht von einem nackten Mann verlangen, daß er ihnen eine Hose gibt!

Don Pedro: Na schön, ich gebe ja zu, daß ich einen Fehler gemacht habe ...

West: Sie lieben das Geld zu sehr. Und darüber vergessen Sie gern die anderen Dinge des Lebens ... Freundlichkeit, Zuvorkommenheit, Nächstenliebe ... und noch einiges mehr.

Don Pedro: Jeder Mensch hat Fehler, Señor West. Ich habe es doch gutzumachen versucht ... Meine Knechte haben mitgesucht ... Ich bin erledigt ... die Leute werden nach mir spucken ... Der geizige Don Pedro hat den Jungen in den Tod getrieben, sagen sie ... ich kann mich aufhängen ... Was wollen S i e denn von mir?

West: (lächelnd) Ihnen helfen! Ihnen und dem kleinen Cisko samt seinem Esel, der eigentlich schon halb Ihnen gehört hat ...

Don Pedro: Sie können mir nicht helfen ... Was hätten Sie auch für einen Grund ...

West: Ich mag den kleinen Cisko gern. Er ist fleißig, tüchtig und ehrlich. Er fährt jeden Tag in die Stadt, putzt fremden Leuten die Schuhe – und warum tut er das? Damit sein Vater die Schulden bei Ihnen, Don Pedro, bezahlen kann!

Don Pedro: (gequält) Ich weiß ...

West: Ihm will ich in erster Linie helfen. Hm, und wenn ich es mir so recht überlege ... S i e sind gar nicht so schlecht, wie die Leute vielleicht denken ...

Don Pedro: (erfreut) Sie sagen es, Señor ... Ich würde ja gern wieder alles gutmachen ... aber wie ...?

West: Sie können es, Señor. Mit meiner Hilfe!

Don Pedro: (zögernd) Wenn Sie es ehrlich meinen, Señor West ... Ich werde gern tun, was sie mir raten ...

West: Ich habe Cisko und seinen Esel entdeckt!

Don Pedro: (leise) Leben sie noch?

West: Sie sind kreuzfidel ... wenn sie auch vielleicht Hunger und Durst haben. Cisko hat keine Ahnung, daß ich ihn gesehen habe ... und außer mir weiß kein Mensch davon ...

Don Pedro: (erleichtert) Mir ist ein gewaltiger Stein vom Herzen gefallen ...

West: Ich wüßte schon, was Sie tun müssen, damit die Leute wieder mit Achtung und Wohlwollen von Ihnen sprechen ...

Don Pedro: (hoffnungsvoll) Wirklich? ... Bitte, was soll ich tun?

West: Ganz einfach. Sie gehen hin und finden Cisko ... Sie bringen ihn nach Alemeno, als sein Freund selbstverständlich, und jeder wird sagen, daß Sie in Wirklichkeit ein guter und hilfsbereiter Mensch sind ...

Don Pedro: (begeistert) Und ich werde Cisko seinen Esel schenken!

West: Damit haben Sie den Eltern gleichzeitig 2000 Peseten Schulden erlassen.

Don Pedro: Sozusagen, ja ...

West: Ich sehe, Don Pedro, ich habe mich nicht geirrt in Ihnen.

Don Pedro: Und dann werde ich für das Dorf ein paar fette Hammel schlachten ... meinen Sie, daß sich die Leute darüber freuen?

West: Ich bin überzeugt. Kommen Sie, ich will Ihnen erklären, wo Sie Cisko finden können ...

Tja, und dann kamen sie zurück. Zu dritt. Der alte Don Pedro hatte seinen Arm auf die Schultern Ciskos gelegt, während dieser mit strahlenden Augen seinen Esel Pio hinter sich herzog.

Und an diesem Abend gab es wirklich ein großes Fest. Don Pedro hatte sechs (wirklich sechs) fette Hammel schlachten lassen und ließ sie am Spieß braten. Es gab Musik, Gesang und Tanz. Wie an einem echten Feiertag. Ich aber saß in einer Ecke und war mächtig stolz auf den lieben, guten, alten Clifford West, der wieder einmal eine prächtige Idee gehabt hatte . . .

Natascha und die Diebe

Die Personen:

Dimitrij Petrowitsch Andrejew, Bürgermeister und Erfinder einer Diebesfalle.

Nikolai Sergejewitsch Kalugo, Gemeindepolizist.

Alexander Alexandrowitsch Turanjew, Lehrer.

Maria Turanjewa, seine Frau.

Natascha, beider Tochter.

Wassilij Wassilijewitsch, Korbflechter.

Iwan Iwanowitsch, sein Freund.

Tamara, Bedienung in einer Schenke.

Diese Geschichte spielt im alten Rußland. Sie spielt in einer Zeit, wo es weder Düsenjäger noch Unterseeboote gab. Wo statt Massen von Automobilen noch das Pferd oder die Kutsche das bevorzugte Transportmittel war. Sie spielt in einer Epoche, in der die Menschen noch Zeit hatten, und wo im fernen Petersburg Väterchen Zar regierte.
Und sie spielt in einem Ort, der in den Distriktskarten als Woranowa aufgeführt war.
Verließ man Woranowa in östlicher Richtung, kam man nach einer knappen Stunde Fußmarsch an die Ufer des Don. Ging man in westlicher Richtung, erreichte man schon nach zwanzig Minuten den Wald von Sostawitsche, einen fast undurchdringlichen Dschungel, dessen wenige Besucher in der Hauptsache Pilzsammler im Spätsommer waren.
Nach Norden und Süden jedoch war das Land offen. Fruchtbare Felder und Äcker dehnten sich, so weit der Blick reichte. Und fast alle gehörten sie dem reichen Grafen Sotnikoff. Nur die wenigen Felder um Woranowa waren im Besitz von armen Bauern, von denen viele noch die Leibeigenschaft erlebt hatten. Trotz allem war Woranowa kein armes Dorf. Es gab Bäcker, Fleischer, Stiefelmacher, Schlittenbauer und Schneider. Es gab eine Schule, eine Feuerwehr und einen Bürgermeister. Und nicht zu vergessen: es gab Nikolai Sergejewitsch Kalugo, den Gemeindepolizisten.

Es war an einem sonnigen Herbstmorgen. Dimitrij Andrejew, der Bürgermeister von Woranowa, ging mit wuchtigen Schritten in seinem Wohnzimmer, das gleichzeitig als Amtsstube diente, auf und ab. Seine Stirn war von ärgerlichen Falten durchfurcht, und es gab keinen Zweifel darüber, daß dieser Ärger dem einzigen Besucher an diesem so schönen Morgen galt.
Dieser saß mit steinernem Gesicht auf der Ofenbank und tat, als ginge ihn das alles gar nichts an. Nur wenn er an seiner uralten, zerkauten Tabakspfeife zog, huschte für einen Moment lang ein genüßlicher Ausdruck über seine

Züge. Dieser Mann war kein anderer als Nikolai Kalugo, der Gemeindepolizist . . .

Dimitrij: (erbost) Du hockst da, als ginge dich die ganze Angelegenheit überhaupt nichts an, Nikolai!

Nikolai: Ich höre dir zu. Es ist unhöflich, einen Mann beim Reden zu stören.

Dimitrij: (breit, betont) Nikolai Sergejewitsch, ich frage dich – was hast du bisher in dieser Sache unternommen?

Nikolai: Ich habe meine Augen offengehalten . . .

Dimitrij: (höhnisch) So, du hast deine Augen offengehalten. Und was hast du gesehen?

Nikolai: Nichts! (spuckt aus)

Dimitrij: (zornig) Du sollst nicht immer auf den Fußboden spucken. Du befindest dich in einem Amtsraum!!

Nikolai: Ich wußte nicht, daß man in Amtsräumen nicht auf den Boden spucken darf . . . Warum bist du so gereizt, Dimitrij Petrowitsch? Warum bietest du deinem Freund nicht lieber ein Gläschen Wodka an?

Dimitrij: Es verschlägt mir die Sprache . . . Ich rede mit dir dienstlich und nicht als dein Freund. Ich frage dich noch einmal: Was hast du bisher – außer Die-Augen-Offenhalten – unternommen?

Nikolai: Ich habe mich auf die Lauer gelegt und gewartet.

Dimitrij: Und? Hast du was entdeckt?

Nikolai: Nein. Meist bin ich beim Warten eingeschlafen . . . Reg' dich nicht auf, Dimitrij . . .

Dimitrij: Heilige Mutter von Kasan, du bist kein Polizist, du bist eine ausgewachsene Schlafmütze. Möchte wissen, wofür dir die Gemeinde jeden Monat zwölf Rubel bezahlt.

Nikolai: Sei nicht ungerecht, Dimitrij Petrowitsch . . . Schließlich habe ich auch meine guten Seiten . . .

Dimitrij: Man braucht ein Fernglas, um sie zu finden . . . Nikolai Sergejewitsch – die Leute werden ungeduldig. Wenn wir die Diebe nicht bald fangen, wird man noch behaupten, daß wir mit ihnen unter einer Decke stecken.

Nikolai: (spuckt aus) Das wird man ...

Dimitrij: Erst heute nacht haben sie bei der Witwe Maranova ein Huhn gestohlen!

Nikolai: Das kann auch ein Fuchs gewesen sein ...

Dimitrij: Seit wann tragen Füchse Stiefel, he? Vorige Woche waren es ein Leuchter aus Silber beim Popen Alexej Turpin, zwei Paar Stiefel bei Fjedor Bachno und acht Rubel bei Anton Abrinow.

Nikolai: Hm, und vor vierzehn Tagen der Hammel bei Peter Semjew.

Dimitrij: Nikolai, wir werden den Dieben eine Falle stellen!

Nikolai: Das ist eine gute Idee.

Dimitrij: Wir werden ihnen einen Köder hinwerfen, an dem sie sich die Zähne ausbeißen werden ...

Nikolai: Du bist ein kluger Kopf, Dimitrij ... Willst du mir nicht doch lieber einen Wodka einschenken ... Es hört sich besser zu ...
(Dimitrij holt Flasche und Gläser)

Dimitrij: Hier ...

Nikolai: (schlürft genießerisch) Ah, gut ... Jetzt fällt mir sogar das Denken leichter ... Wie ist das nun mit deinem Plan ...

Dimitrij: (tut geheimnisvoll) Hör zu: nächste Woche sind doch die Markttage. Es werden eine Menge Fremde kommen, und die Diebe werden sich eine so gute Gelegenheit nicht entgehen lassen. Sag mir, Nikolai, wo kann man besser stehlen als dort, wo recht viele Menschen beisammen sind ...

Nikolai: Hm ... und wenn sie nach wie vor in der Nacht stehlen?

Dimitrij: Das spielt keine Rolle ... Sie werden kommen ... und dann streuen wir ein Gerücht aus ...

Nikolai: Ein Gerücht??? Ja, Gerüchte sind immer gut ... Willst du mir nicht noch einen Wodka geben, Dimitrij ...

Dimitrij: Hier, bediene dich selbst ... Ich werde dir jetzt erklären, was es mit dem Gerücht auf sich hat ...

Und sie steckten die Köpfe zusammen und besprachen den Plan, der zur Ergreifung der Diebe führen sollte. Es war wirklich an der Zeit, daß man ihrer habhaft wurde. Seit fast drei Wochen trieben sie nun schon ihr nächtliches Handwerk in Woranowa. Nie war es bisher gelungen, die beiden auf frischer Tat zu ertappen. Daß es zwei waren, wußte man von Anton Abrinow, der gerade aufwachte, als die beiden Diebe durch sein Kammerfenster verschwanden. Bevor er jedoch seine Stiefel fand, waren die beiden längst über alle Berge. Manche Einwohner munkelten sogar, daß es sich bei den Dieben um Ortsansässige handeln müsse, denn wie solle sich ein Fremder so gut in den Örtlichkeiten auskennen. Andere wiederum ließen sich nicht von der Überzeugung abbringen, daß die Diebe im Wald von Sostawitsche ein Versteck besaßen. Und dort jemanden zu suchen war ebenso zwecklos wie das Tauchen nach einer Kopeke im Väterchen Don.

Es mag gegen zehn Uhr des gleichen Tages gewesen sein, an dem Dimitrij Petrowitsch und Nikolai Sergejewitsch ihren Plan schmiedeten, als Maria Turanjewa, die Frau des Lehrers, nach ihrer Tochter Natascha rief . . .

Maria: (rufend) Natascha . . . N-a-t-a-s-c-h-a . . . wo steckst du denn schon wieder?

Natascha: Ich bin bei den Ziegen . . .

Maria: Komm in die Küche . . .

Natascha: (näherkommend) Schau, Mutter, wieviel Milch die Weiße heute gegeben hat.

Maria: Na, siehst du, jetzt ist sie wieder ganz gesund.

Natascha: (seufzt) Darüber bin ich auch sehr froh, Mütterchen . . .

Maria: Natascha, lauf in die Schenke zu Leonid Tjorkin. Dort wohnt ein Korbflechter aus Podolsk. Sieh, daß du ihn triffst, und kauf' ihm zwei Brotkörbe ab . . . Hier hast du fünfzig Kopeken. Mehr darf er nicht verlangen.

Natascha: Und wenn er doch mehr verlangt?

Maria: Dann sag ihm, daß wir unsere Brotkörbe auch woanders kaufen können ...
Natascha: Ja, Mutter ...

Natascha machte sich auf den Weg zu Tjorkins Schenke, wo das Schankmädchen Tamara gerade beim Ausfegen war.

Natascha: Guten Morgen, Tamara ...
Tamara: (überrascht) Guten Morgen, Natascha ... Was führt dich in die Schenke?
Natascha: Mutter sagt, daß hier ein Korbflechter aus Podolsk wohnt.
Tamara: Ja, das stimmt. Was willst du von ihm?
Natascha: Ich soll zwei Brotkörbe kaufen ... Ist er schon fortgegangen?
Tamara: Fortgegangen? Der schläft noch ...
Natascha: (als habe sie sich verhört) Er schläft noch ... um diese Zeit?
Tamara: (flüstert) Er steht nie vor zehn Uhr auf ...
Natascha: (ungläubig) Nein ...
Tamara: Er sagt, er habe immer sooo müde Augen. Die würden noch schlafen, wenn er selbst schon lange munter sei.
Natascha: Gibt's denn so was?
Tamara: (schüttelt den Kopf) Keine Ahnung. Jedenfalls scheint er kein Geld zu brauchen, sonst würde er sich bemühen, mehr Körbe zu verkaufen ... Sein ganzes Traggestell ist noch voll ... (Poltern) Still ... ich glaube, jetzt kommt er ...
Wassilij: (tritt ein) Guten Morgen, meine Täubchen ... (streckt sich) Welch ein herrlicher Morgen ...
Tamara: Guten Morgen, Wassilij Wassilijewitsch.
Wassilij: Tamara, mein Schatz, bring dem alten Wassilij das Frühstück. Zwei Scheiben Schwarzbrot, eine Schale Tee und ein Gläschen Wodka ... Na, und du? Wer bist du?

Natascha: Ich bin Natascha ...
Tamara: (ruft herüber) Sie ist die Tochter des Lehrers ...
Wassilij: Und ich bin der Korbflechter Wassilij Wassilijewitsch Konschenko aus Podolsk ...
Natascha: Mutter schickt mich Ihretwegen ... Ich soll zwei Brotkörbe von Ihnen kaufen.
Wassilij: (klatscht in die Hände) Das lobe ich mir. Geschäfte am frühen Morgen noch vor dem Frühstück. Warte ein wenig, meine Tochter, ich werde sie dir sofort holen ... (erhebt sich ächzend, entfernt sich)
Tamara: (kommt mit Geschirr klappernd näher) Wo ist der Korbflechter, Natascha?
Natascha: Er holt meine Brotkörbe ... Eigentlich gefällt er mir ganz gut ... er sieht fast wie mein Großvater aus ...
Tamara: Wenn er nur nicht so verschlafen wäre ...
Wassilij: (kommt polternd zurück)
Natascha: (flüstert) Vielleicht hat er wirklich kranke Augen ...
Wassilij: So, mein Täubchen, hier hast du deine zwei Körbe.
Natascha: Wieviel muß ich Ihnen bezahlen?
Wassilij: Der alte Wassilij hat heute einen guten Tag. Ich überlasse sie dir für dreißig Kopeken ...
Natascha: Zehn – zwanzig – dreißig ... Ich danke auch vielmals, Wassilij Wassilijewitsch ... Auf Wiedersehen ...
Tamara: Auf Wiedersehen, Natascha ...
Wassilij: (mit vollem Mund) Auf Wiedersehen, mein Täubchen ... (Geräusch der Tür)
Wassilij: Ein nettes Mädchen ... (schlürft) Heilige Mutter, der Tee ist ja siedenheiß ...
Tamara: Stellen Sie sich vor, Wassilij Wassilijewitsch, heute nacht ist schon wieder eingebrochen worden ...
Wassilij: (kauend) Ich sehe es schon kommen. Eines Tages stehe ich auf, und alle meine Körbe sind verschwunden ... Ich werde wohl bald wieder weiterreisen ... Schon über zwei Wochen bin ich jetzt hier ...
Tamara: Warum bleiben Sie nicht noch bis zur nächsten Woche? Da sind doch die Markttage in Woranowa. Da

kommen sie aus allen Dörfern weit und breit ... Sie könnten sicher viele Körbe verkaufen.

Wassilij: (interessiert) Markttage ... so? Ich wußte gar nichts davon ... Da geht es wohl hoch her in Woranowa?

Tamara: (begeistert) Es sind mit die schönsten Tage im Jahr. Es wird getanzt und gesungen. Am Abend wird auf dem Marktplatz ein Ochse am Spieß gebraten, und alle Menschen sind guter Dinge. Die Reichen und die Armen ...

Wassilij: Dann werde ich wohl auch bleiben ... Geh, mein Täubchen, hol' mir noch ein Gläschen ...

Bald begannen die ersten Vorbereitungen für die Markttage. Auf Fuhrwerken transportierte man Unmengen von Balken, Brettern und Leisten heran, die für die Stände, Einzäunungen und für die große Tanzfläche gebraucht wurden. Am Abend trafen sich dann ein Großteil der Handwerker und Zimmerleute in Leonid Tjorkins Schenke zu einem fröhlichen Umtrunk. Auch Wassilij, der Korbflechter, hielt eine Zeitlang mit. Doch als die Dunkelheit hereingebrochen war, empfahl er sich mit der Begründung, daß er jetzt unbedingt schlafen müsse. Niemand ahnte, daß er, nachdem er polternd in seiner Kammer verschwunden war, diese durch das Fenster wieder verließ.

Und niemand sah, wie er in geduckter Haltung einem unbekannten Ziel zustrebte ...

Zur gleichen Zeit lag Natascha in ihrem Bett und versuchte zu schlafen. Doch plötzlich hörte sie, wie es an die Scheibe im Nebenzimmer klopfte, wo die Eltern beisammensaßen. Wenig später erkannte sie die Stimme des Bürgermeisters Dimitrij Petrowitsch Andrejew, der ein Freund ihres Vaters war ... Und sie verstand jedes Wort, das die beiden Männer im Nebenzimmer sprachen ...

Dimitrij: Ich will dich nicht lange stören, Alexander Alexandrowitsch.

Alexander: Du störst mich nicht, Dimitrij. Was gibt's? Sicher hast du einen besonderen Anlaß für deinen späten Besuch.

Dimitrij: Alexander, ich wollte dich um deine Mithilfe bitten.

Alexander: Mithilfe? Wobei, Dimitrij?

Dimitrij: Wir wollen die Diebe fangen ... Du hast sicher gehört, daß sie erst letzte Nacht wieder am Werke waren ... Sie haben der Witwe Maranova ein Huhn gestohlen ...

Alexander: Und wie willst du sie fangen?

Dimitrij: Ich habe einen Plan.

Alexander: Wenn er Erfolg verspricht, will ich gern mithelfen ...

Dimitrij: Ich will ihn dir erklären. Nächste Woche zu den Markttagen wird wie immer viel Volk nach Woranowa kommen. Kaufleute, Händler und Käufer. Die Diebe werden sich diese Gelegenheit nicht entgehen lassen ... Wie jedes Jahr, so soll auch in diesem die Marktware über Nacht im Spritzenhaus untergebracht werden. Nur wird diesmal das Schloß an der Tür kaputt sein.

Alexander: Ah, eine Falle. Aber wie sollen die Diebe das erfahren?

Dimitrij: Wir werden überall verkünden, daß Nikolai Sergejewitsch Kalugo Wache vor dem Spritzenhaus halten wird.

Alexander: (überrascht) Dann werden sie erst recht nicht kommen.

Dimitrij: Nikolai wird seinen Posten verlassen. Er wird hier und dort, bei diesem und bei jenem zu finden sein. Und bei jeder Gelegenheit erzählt er, daß er keine Lust habe, die ganze Nacht Wache zu stehen, während überall getanzt, gesungen und getrunken werde. Die Diebe werden davon Wind bekommen, und diese einmalige Möglichkeit nicht ungenützt vorübergehen lassen. (betont)

Sie werden sich in das Spritzenhaus einschleichen ... und dann?

Alexander: Und dann?

Dimitrij: (triumphierend) Dann werden wir zur Stelle sein, und sie auf frischer Tat ertappen.

Alexander: Der Plan ist gut – wenn die Diebe in die Falle gehen. Auf alle Fälle kannst du mit mir rechnen, Dimitrij.

Dimitrij: Ich danke dir ...

Wassilij, der Korbflechter, hatte inzwischen den Ortsrand erreicht. Als er an der letzten Kate vorbei war, richtete er sich wieder zur vollen Größe auf und begann, rascher auszuschreiten. Nach zwanzig Minuten erreichte er den Wald von Sostawitsche ... Einige Atemzüge lang verharrte er und lauschte aufmerksam in die Finsternis ... Doch außer dem Flüstern des Waldes war nichts zu hören ... oder doch? War da nicht eben ein Rascheln gewesen?
Wassilij formte die Hände zu einem Trichter ... Dreimal ließ er ein eigenartiges Pfeifgeräusch hören. Das Ergebnis war verblüffend ...

Iwan: (vorwurfsvoll) Du kommst spät, Wassilij Wassilijewitsch. Die Tage werden erbärmlich lang, wenn man sich nur mit seinem Schatten unterhalten kann.

Wassilij: Iwan Iwanowitsch ... hast du einen Grund zum Klagen? Hast du nicht das bessere Los von uns beiden? Denke daran, daß ich es bin, der tagsüber mit seinen Körben herumlaufen muß.

Iwan: (brummig) Ich sag ja schon nichts mehr. Hast du Hunger, Wassilij? Ich habe noch ein Stück von dem Huhn da, das wir uns vorige Nacht geholt haben.

Wassilij: Ich habe keinen Hunger. Aber ich bringe Neuigkeiten.

Iwan: Neuigkeiten?

Wassilij: Wir werden noch nicht weiterziehen ...

Iwan: Heilige Mutter ... Es wird verdammt langweilig in diesem Wald. Schließlich möchte ich auch mal wieder auf einem richtigen Strohsack schlafen.

Wassilij: Nächste Woche sind Markttage in Woranowa. Es werden eine Menge Leute ins Dorf kommen ...

Iwan: Was geht das uns an?

Wassilij: Am Abend wird musiziert, getanzt, gesungen und ein Ochse am Spieß gebraten ... Das wird eine prächtige Zeit werden, Iwan Iwanowitsch. Alle werden sie ihre Häuser verlassen. Und wir? ... Wir, Iwan, brauchen nur noch einzusammeln!

Iwan: (erfreut) Das höre ich gern ... Du bist ein tüchtiger Genosse, Wassilij. Wenn Väterchen Zar von dir wüßte, er würde dich auf der Stelle zum General machen, hehehe.

Wassilij: Bis zu den Markttagen werden wir uns still verhalten. Sie werden glauben, daß wir uns aus dem Staub gemacht haben.

Iwan: Und du wirst fleißig Körbe verkaufen ...

Wassilij: Das werde ich.

Iwan: Und wovon soll ich in der Zwischenzeit leben?

Wassilij: Ich komme wie immer jeden Abend und bringe dir etwas zum Beißen ... Aber jetzt muß ich gehen, Iwan ... Also, bis morgen abend ...

Die Zeit bis zu den Markttagen verging schnell. Im Dorf wurde gehämmert, gesägt und gehobelt. Schon Tage vorher setzte der Zustrom der Händler ein. Mit Pferde- und Handwagen zogen sie in Woranowa ein. Manche trugen ihre Waren auf dem Rücken. Bald erfüllte emsiges Treiben die Dorfstraßen. Draußen aber, wo der Markt stattfand, reihte sich bald Wagen an Wagen.

Aus der Schule hatte man Tische und Bänke entfernt und den Fußboden mit frischem Stroh aufgeschüttet. Ein Nachtlager für viele.

Endlich war es soweit.
Graf Sotnikoff eröffnete huldvoll die Markttage von Woranowa. Er war auch, wie in jedem Jahr, der Spender des Ochsen, der bereits am Spieße gedreht wurde und einen ersten Wohlgeruch verbreitete.
Gleich nach der Eröffnung begann der Reigen. Es wurde gehandelt und gefeilscht; um Preise gestritten und Ware begutachtet. Hühner, Enten und Gänse tauschten ihre Besitzer, und fette Hammel und Ziegen mußten die kritischen Blicke der Fleischer und Viehhändler über sich ergehen lassen.
In der Geschirrecke klapperten die Krüge, Schüsseln und Kannen, und am anderen Ende schrie sich ein Kattunverkäufer aus Moskau heiser. Als der Abend kam, sah man allenthalben zufriedene Gesichter. Bei den Verkäufern ebenso wie bei denen, die die Ware erstanden hatten. Und noch etwas konnte man aus den Mienen entnehmen: nämlich die Vorfreude auf das Fest am Abend.
Mit Einbruch der Dunkelheit wurden die Kerzen in den Lampions, die rings um die Tanzfläche hingen, angezündet, und bald darauf begannen die Musikanten aufzuspielen. Innerhalb weniger Minuten war die Tanzfläche gepfropft voll. Rasch vergingen die nächsten zwei Stunden. Die Stimmung steigerte sich immer mehr. Das fröhliche Lachen und Singen ließ vergessen, daß viele dieser Menschen, die sich so ausgelassen gaben, sonst ein schweres Tagwerk zu verrichten hatten ...
Auch in Leonid Tjorkins Schenke schlugen die Wellen des Vergnügens hoch ... Tamara, das Schankmädchen, hatte alle Hände voll zu tun. Und sie staunte nicht wenig, als sie in der Tür plötzlich Nikolai Kalugo, den Gemeindepolizisten, auftauchen sah ...

Tamara: Hallo, Nikolai Sergejewitsch, was suchen Sie denn hier?
Nikolai: (tut, als habe er einen Schwips) Tamara, mein En-

gelchen ... hast du nicht einen ... einen ... kleinen W-W-Wodka für den armen Nikolai?

Tamara: Wie viele kleine Wodkas haben Sie denn schon getrunken? Sollten Sie nicht vor dem Spritzenhaus Wache halten?

Nikolai: (empört) Sehe ich so dumm aus ... (hebt Stimme) Ich, Nikolai Sergejewitsch Kalugo, soll die ganze Nacht Wache halten, während ringsum getanzt und gesungen wird ... das ist zu viel verlangt ... Prost, mein Täubchen ...

Eingedenk seines Auftrages zog sich Nikolai bald wieder aus der Schenke zurück, um sich unter das Volk an der Tanzfläche zu mischen ...
Es war schon ziemlich spät, als Kalugo auf Natascha traf, die mit glänzenden Augen den Tanzenden zusah ...

Nikolai: (ruft) Natascha ... komm her!

Natascha: Nikolai Sergejewitsch? Buh, Sie riechen nach Wodka ...

Nikolai: (beschwichtigend) Das ist ein dienstlicher Geruch, Natascha. Willst du dem alten Nikolai einen Gefallen tun?

Natascha: Ja, gern ...

Nikolai: (dämpft die Stimme) Ich soll in das Haus des Bürgermeisters gehen und ein Säckchen Machorka holen. Es soll auf dem Küchentisch liegen ... Willst du mir nicht den Weg abnehmen? Du hast viel jüngere Beine als ich ...

Natascha: Ich gehe gern, Nikolai Sergejewitsch ...

Nikolai: (freudig) Das ist lieb. Hier hast du den Schlüssel. Und vergiß nicht, wieder gründlich abzuschließen ... Ich warte hier auf dich ...

Natascha nahm jede Abkürzung wahr, die sich bot, denn Dimitrij Andrejews Haus lag am anderen Ende des Dorfes. Bald hörte sie die Musik nur noch ganz leise. Die Dorfstraßen waren leer und still. Nur das gelegentliche Meckern einer Ziege oder das hilflose Blöken eines Lämmchens drang nach draußen . . .
Als Natascha um die letzte Ecke bog, sah sie Andrejews Haus in einiger Entfernung vor sich. Doch da verhielt sie in vollem Lauf . . . Um besser sehen zu können, kniff sie die Augen zusammen und preßte sich gleichzeitig an die Hauswand . . . Es gab keinen Zweifel . . . da war jemand, der versuchte in das Haus des Bürgermeisters einzudringen . . . Natascha konnte zwei dunkle Gestalten erkennen, die sich an der Haustür zu schaffen machten und sich dabei immer wieder nach allen Seiten umsahen. Diebe!! durchfuhr es Natascha in heißem Schrecken, und dann fiel ihr ein, was sie vor wenigen Tagen gehört hatte, als der Bürgermeister ihren Vater besuchte.
Mit brennenden Augen beobachtete sie, wie die beiden jetzt im Haus verschwanden. Und noch etwas sah sie in diesem Augenblick: Trotz der Dunkelheit erkannte sie Wassilij, den Korbflechter. Vorsichtig, Schritt für Schritt, näherte sie sich dem Haus. Zentimeterweise schob sie dann ihren Kopf am Fenster hoch und versuchte etwas zu erkennen . . . Die Diebe hatten ein kleines Talglicht auf den Küchentisch gestellt und waren dabei, Schränke und Schubladen zu durchwühlen. Natascha preßte die Lippen aufeinander und schien zu einem Entschluß gekommen zu sein. Wenige Schritte brachten sie zu der Haustür . . . Geräuschlos gab die Klinke nach, und ebenso lautlos ließ sich die Tür öffnen . . .

Iwan: (hantierend) Willst du mir nicht sagen, wem dieses Haus gehört, Wassilij?

Wassilij: Wenn du es durchaus wissen willst: es gehört dem Bürgermeister . . .

Iwan: (erschrocken) Heilige Mutter, dem Bürgermeister.

Mein Herz setzt aus ... ausgerechnet dem Bürgermeister ...

Wassilij: Hast du Angst, Hasenfuß ...?

Iwan: Ich hatte schon immer was gegen Behörden ... oh, ich habe anscheinend den Familienschatz gefunden ...

Wassilij: (aufgeregt) Zeig her ...

Iwan: (enttäuscht) Ein armer Bürgermeister ... ganze vier Rubel ...

Wassilij: Tröste dich. Wir werden uns im Spritzenhaus schadlos halten. Hahaha, wenn dieser dumme Polizist wüßte, daß wir von seiner Pflichtvergessenheit wissen ...

Iwan: Die werden schöne Augen machen, wenn wir mit den besten Stücken über alle Berge sind ...

Wassilij: (zischt) Still, Wanja – war da nicht eben ein Geräusch?

Natascha: (trocken) Ich bin das Geräusch, Wassilij Wassilijewitsch!

Iwan: (tonlos) Ich bin zu Tode erschrocken ... Heilige Mutter steh' mir bei ...

Wassilij: (fassungslos) Natascha ... Tochter des Lehrers ... w-w-w-as machst du denn hier?

Natascha: (traurig) Ich bin sehr traurig, Wassilij Wassilijewitsch, daß Sie ein Dieb sind ... wirklich ...

Wassilij: (schluckt) Mein Täubchen ...

Natascha: Sie sind es auch gewesen, die der armen Witwe Maranova das Huhn gestohlen haben und dem Schuhmacher Fjedor Bachno die Stiefel. Sie haben beim Popen einen Leuchter entwendet und bei Anton Abrinow acht Rubel ... Und jetzt wollen Sie den Bürgermeister bestehlen ...

Wassilij: Das verstehst du nicht, mein Täubchen ... Wir sind zwei arme Sünder ...

Natascha: Man wird euch ins Gefängnis werfen oder noch Schlimmeres mit euch anstellen.

Iwan: (heiser) Mein Hals ist trocken wie die Wüste Sahara ... Was sollen wir tun, Wassilij?

Wassilij: (beschwörend) Du wirst uns doch nicht verraten,

Natascha. Wir werden auch aus deinem Dorf verschwinden.

Natascha: Warum stehlt ihr?

Wassilij: Wie soll ich dir das erklären, Natascha, mein Täubchen. Wir sind alt und zu nichts mehr nütze . . .

Natascha: Ihr könntet arbeiten . . . Arbeit gibt es immer.

Iwan: Sie sagt Arbeit, als wäre Arbeit eine Wohltat.

Wassilij: Arbeit ist nichts für freie Menschen wie uns.

Natascha: Und Stehlen ist ein Verbrechen.

Wassilij: Wir stehlen ja nie große Sachen. Wir stehlen immer nur so viel, wie wir für unser armseliges Leben brauchen. Habe Mitleid mit zwei alten Gelegenheitsdieben.

Natascha: Und außerdem wolltet ihr im Spritzenhaus einbrechen.

Iwan: (hoffnungslos) Sie weiß alles . . .

Natascha: Wenn ich euch nicht gewarnt hätte, wäret ihr in eine Falle gelaufen, aus der es kein Entrinnen gegeben hätte.

Wassilij: (stutzt) Eine Falle sagst du?

Natascha: Der Bürgermeister und mein Vater erwarten euch im Spritzenhaus. Daß der Polizist seinen Posten verlassen hat, war nur ein Lockmittel für euch!

Iwan: Eine Gemeinheit ist das . . . mit solchen Methoden zu arbeiten . . . Wassilij, die Kleine wird uns verraten . . Laß uns davonrennen!

Wassilij: (leise) Wir müssen dir sehr dankbar sein . . .

Iwan: Habe Mitleid mit uns . . .

Natascha: Habt ihr Mitleid mit einer Witwe gehabt? Sie besitzt nur noch ganze drei Hühner . . .

Wassilij: (zerknirscht) Jeder macht Fehler . . .

Natascha: (nachdenklich) Es gäbe eine Bedingung, unter der ich euch nicht verriete . . .

Beide: (hoffnungsvoll) Ja???

Natascha: Ihr müßt den Schaden wieder gutmachen . . .

Wassilij: (ergibt sich seufzend in sein Schicksal) Bestimme über uns, mein Täubchen . . .

Iwan: (ebenso) Ja, du hast uns in der Hand . . .

Natascha: Einer von euch beiden geht und holt das Diebesgut aus dem Versteck. Legt es den Bestohlenen vor die Haustür . . .

Iwan: (ergeben) Wir werden es tun.

Natascha: Das ist nicht alles. Morgen geht ihr zwei zur Witwe Maranova und bessert ihr das Dach aus. Schindeln liegen im Hof . . .

Wassilij: Wir werden es tun, obgleich ich in meinem ganzen Leben noch keine Schindel in der Hand gehabt habe. Sie wird uns fragen, warum wir das tun . . .

Natascha: Ihr könnt sagen, daß ihr gern armen Menschen helft . . .

Iwan: Und dann?

Natascha: Dann helft ihr dem alten Semjew seinen Stall fertig bauen . . . Er ist der, dem ihr den Hammel gestohlen habt. So macht ihr alle Schuld mit der Zeit wieder gut.

Wassilij: Hast du keine Angst, daß wir uns einfach aus dem Staub machen . . .?

Natascha: Wenn Sie mir Ihr Wort geben, Wassilij Wassilijewitsch, so werde ich Ihnen glauben . . .

Wassilij: (feierlich) Ich verspreche es dir, Natascha . . . Und habe vielen Dank, daß du uns nicht verraten willst. Auf, Wanja, bring die Sachen hier wieder in Ordnung . .

Natascha: Und ich muß gehen. Nikolai wird sicher schon ungeduldig sein . . .

Während Wassilij und Iwan mit nachdenklichen Gesichtern alles wieder in Ordnung brachten, lief Natascha, so schnell sie konnte, zum Festplatz zurück. Nikolai erwartete sie voller Ungeduld . . .

Nikolai: Wo bleibst du nur so lange, Natascha. Der Bürgermeister wird mich einen alten, langweiligen Esel schimpfen . . .

Natascha: (außer Atem) Ich bin aufgehalten worden, Nikolai Sergejewitsch. Hier ist der Tabak ...

Am anderen Morgen konnte man die Leute von Woranowa tuscheln und flüstern sehen. Alle redeten sie über das Unwahrscheinliche, das sich sozusagen über Nacht ereignet hatte.
Die Rubel auf der Schwelle von Abrinows Tür. Der silberne Leuchter unter dem Fenster des Popen und gar die Stiefel von Bachnos Laden. Nur die Witwe Maranova und der Bauer Semjew zeigten vorerst betretene Mienen, denn weder Huhn noch Hammel waren heimgekehrt.
Die längsten Gesichter jedoch machten Bürgermeister und Lehrer, die sich die ganze Nacht umsonst um die Ohren geschlagen hatten.
Doch die Absonderlichkeiten rissen nicht ab. Kaum waren die Markttage vorüber, als der Korbflechter Wassilij und dessen Freund Iwan bei der Witwe Maranova erschienen und von ihren wohltätigen Absichten sprachen. Auch der Bauer Semjew staunte nicht schlecht, als sich die gleichen Leute drei Tage später bei ihm einfanden, um ihm kostenlos beim Bau eines Stalles zu helfen.
Kein Mensch sprach plötzlich mehr von Dieben. Natascha, Wassilij und Iwan aber sahen sich fast täglich und zwinkerten sich zu.
Wie betrübt war Natascha, als sie wenige Tage später ganz überraschend zusammen mit ihrer Mutter nach Janowna zur Großmutter fahren mußte. Sie war überzeugt, daß sie die beiden Diebe nun nicht mehr wiedersehen würde. Vierzehn Tage später kehrten Natascha und ihre Mutter zurück. Als Natascha am Morgen des darauffolgenden Tages zum Bäcker ging, stand sie mit einem Male vor Wassilij, der gerade um die Ecke bog ...

Natascha: (freudig überrascht) Wassilij Wassilijewitsch ... Sie sind noch da?

Wassilij: (verlegen) Hm ... weißt du, Natascha ... Ich hab's mir überlegt. Ich bin doch schon zu alt, um noch weiter in der Gegend herumzuziehen ... Ich werde wohl in Woranowa bleiben.

Natascha: (glücklich) Sie bleiben hier ...?

Wassilij: Auch ein alter Dieb hat mal das Wandern satt ... Der Bauer Semjew hat mir einen Vorschlag gemacht, den ich angenommen habe ...

Natascha: Und Ihr Freund?

Wassilij: Iwan? Oh, Wanja wollte mich nicht verlassen und bleibt ebenfalls hier. Er wird die Witwe Maranova heiraten ...

Natascha: (fassungslos) ... die Witwe Maranova ... die gleiche, die ...

Wassilij: Die gleiche ...

Natascha: Das ist eine große Überraschung ...

Wassilij: Das war sie auch für mich ... Wir werden wohl immer in deiner Schuld stehen ...

Natascha: Ich habe Ihnen gern geholfen ... und außerdem ...

Wassilij: Was ist außerdem, mein Täubchen?

Natascha: (schnell) ... außerdem sehen Sie meinem Großvater so ähnlich ...

Wassilij: Aber renn' doch nicht weg, Natascha ... (vor sich hin) Sie rennt einfach weg ... Hm, Wassilij, der Großvater ... Das muß ich doch gleich Iwan Iwanowitsch erzählen ...

Mein schwarzer Enkel Jacky

Die Personen:

Dave Hollister, der mit seinem farbigen Enkel

Jacky und der ebenfalls farbigen Köchin

Betty von Chikago nach Coolville in einem Südstaat umzieht und dort in ein Wespennest sticht.
Zu den Wespen gehören unter anderem

Archie Mulligan und sein Sohn

Jim.

Ferner kommen vor:

Merlin, der Lehrer

Cliff Burdy Direktor, der am liebsten den Weg des geringsten Widerstandes geht

Sheriff und noch andere.

(Tür öffnet sich leise)

Betty: (behutsam) Hallo, Mister Hollister ... es ist gleich zehn Uhr ... Wollen Sie nicht schlafen gehen?

Hollister: Noch ein halbes Stündchen, Betty. Leg dich nur hin. Bist ja auch nicht mehr die Jüngste.

Betty: Schön. Aber vergessen Sie nicht wieder das Licht zu löschen. Gestern haben Sie es auch brennen lassen.

Hollister: Schon gut. Ich werde daran denken.

Betty: Also dann – gute Nacht!

Hollister: Gute Nacht, Betty ...

(Tür)

Gute, alte Betty. Seit dreißig Jahren fast ist sie nun schon bei uns Hollisters. Sie gehört ebenso zur Familie, wie früher Steve, mein Sohn ... oder Kitty, seine Frau ... oder Jack ... (zärtlich) Jacky, mein Enkel ... (Atempause) Von ihm möchte ich erzählen ...

Noch vorige Woche, als ich Jackys letzten Brief bekam, hätte ich nie daran gedacht, seine Geschichte zu erzählen. Aber dann – am Donnerstag ... und vorgestern, gestern und heute wurde ich so oft an Vergangenes erinnert ... Und dabei glaubte ich, daß es solche Dinge nie mehr geben würde ...

Aber es ist zehn ... ich will das Radio anschalten ...

(erhebt sich ächzend, schaltet Radio ein)

(Gongschlag)

Sprecher: Mit dem Gong war es 22 Uhr. Hier spricht Mike Torly von der L.B.C. Sie hören die neuesten Meldungen und Tagesereignisse. New York: In den frühen Vormittagsstunden ...

(Hollister dreht das Radio leise)

Hollister: Das ist nicht so wichtig ...

Sprecher: ... die Queen Elisabeth ein. Wie wir aus unterrichteter Quelle erfahren, befand sich an Bord auch die italienische Sopranistin Maria Callas.

Hollister: (schnell) Jetzt wird es kommen ...

Sprecher: Little Rock: Auch heute wieder kam es vor den Schulen von Little Rock zu tumultartigen Szenen und Ausschreitungen. Annähernd 2000 Weiße versuchten 12 farbige Schüler und Schülerinnen am Betreten der Schulgebäude zu hindern. Trotz Absperrung durch ein starkes Polizeiaufgebot kam es zu handgreiflichen Auseinandersetzungen, in deren Verlauf acht Personen, darunter fünf farbige Schüler, verletzt wurden.

Cansas City: Bei ...

(Radio ausschalten)

Das war es. Ich wollte es erst nicht glauben. Ich habe gedacht, daß solche Dinge der Vergangenheit angehören ... Damals, ja, da waren derartige Ereignisse an der Tagesordnung, und in keinem Radio der Welt wurde darüber berichtet. Aber heute? ... Ich möchte gern Jackys Geschichte erzählen ... darf ich?

Wir lebten damals alle in der 37. Straße in Chicago. Steve, mein Sohn, meine Schwiegertochter Kitty und Betty. Ja, ja, Betty konnte schon damals ein ausgezeichnetes Essen kochen ...

Eines Tages, es war an einem Sonntag gleich nach der Kirche, kam Steve zu mir ... Er war ganz anders als sonst ...

(Klopfen, Geräusch einer sich öffnenden Tür)

Steve: Störe ich, Vater?

Hollister: Komm nur herein, Steve. Wie war es in der Kirche? Wie war der neue Pfarrer? Erzähle ...

Steve: (verlegen) Oh, er hat eine schöne Predigt gehalten. Bob Lund habe ich auch getroffen ... mit seinem Sohn ... Er geht ihm schon bis an die Knie ... Tja, Vater ... ich ... ich wollte gern was mit dir besprechen.

Hollister: So feierlich? Du bist doch sonst nicht so ... Wo steckt denn Kitty?

Steve: Sie hilft Betty in der Küche. Also, Vater ... Kitty und ich haben ... weißt du ... wir wollen ein Kind adoptieren.

Hollister: Ein Kind adoptieren? Das ist eine Überraschung!

Steve: Ich kann es mir denken ... Aber Kitty und ich fanden die Idee gut.

Hollister: Es ist eine gute, eine ausgezeichnete Idee, mein Sohn. Wirklich ... Außerdem wurde es ohnehin höchste Zeit, daß ich einen Enkel bekomme ... (argwöhnisch) Es ist doch ein Junge?!

Steve: Selbstverständlich ...

Tags darauf gingen Kitty und Steve in das große Waisenhaus in der West-Avenue. Ich selbst war aufgeregt wie am ersten Schultag. So ging das vierzehn Tage ... Es kamen sogar Leute zu uns, die unsere häuslichen Verhältnisse einer kritischen Prüfung unterzogen. Lächerlich, so was. Und wenn mich Steve und Kitty nicht so gebeten hätten, dann ... nun ja, eigentlich wollte ich diese Menschen die Treppe hinunterwerfen ... Und dann geschah es ... Sie kamen mit einem Bündel nach Hause. Sie trugen es im Arm und es war nicht größer als ein Fünf-Kilo-Kartoffelsack ... Und nichts war zu sehen, alles verpackt ...
Ich sehe uns noch heute in der guten Stube stehen ... wie sie mich erwartungsvoll ansahen ... und wie ich vorsichtig die Decke zurückschlug – um dann wie vom Donner gerührt auf den nächsten Stuhl zu sinken ...

Steve: Vater, was ist denn? Stört es dich, daß es ein kleiner Neger ist?

Hollister: (entgeistert) Der ist ja schwarz wie mein Sonntagsanzug ...

Kitty: Er war elternlos wie alle anderen ... und er gefiel uns.

Steve: Er ist sechs Monate ...

Kitty: Und ganz gesund. Außerdem wiegt er schon 15 Pfund.

Hollister: (holt tief Luft) Dann laßt mich mal meinen Enkel etwas genauer ansehen. Wie heißt er denn?

Steve: Hm ... weißt du ... einen richtigen Namen hat er noch nicht.

Hollister: (energisch) Dann heißt er ab jetzt ‚Jacky', basta. Der Name hat mir schon immer gefallen ...

Und dabei blieb es. Die erste Zeit wanderte ich ziemlich mißtrauisch um den Korb herum. Doch nach und nach fand ich immehr mehr Gefallen an seinem dunklen Inhalt. Und je größer Jacky wurde, um so mehr wuchs er mir ans Herz. Manche Nachbarn schüttelten zwar verächtlich den Kopf; aber das störte weder Jacky noch mich, wenn wir sonntags gemeinsam nach Lardon zum Fischen fuhren.

O ja, wir waren eine glückliche Familie: Steve, Kitty, Jacky und ich ... bis zum Sonntag nach Ostern. Jacky war längst ein fleißiger Schüler geworden und zählte schon zehn Jahre. Und da passierte es: Steve und Kitty kehrten von einem Ausflug nicht mehr zurück. Ihr Wagen hatte sich auf der regennassen Straße zwischen Chicago und Milwaukee überschlagen. Jede Hilfe kam zu spät ...

Für Jacky, Betty und mich begann eine trostlose Zeit. Und oft hörte ich, wie sich Jacky in den Schlaf weinte ...

Er war ein zweites Mal elternlos geworden ... Ja, und dann kamen noch andere Sorgen. Die Wohnung war zu teuer. So lange Steve noch verdiente, hatten wir es nie bemerkt. Mein bißchen Verdienst als Buchhalter bei der Cupping-Corporation reichte nicht mehr aus ... Schließlich konnte ich Betty nicht einfach auf die Straße setzen ... Es blieb also nur noch Marys Haus ... Ich beschloß, mit Jacky und Betty darüber zu sprechen. Und das recht bald ...

Hollister: Ist Jacky noch nicht da, Betty?

Betty: Er war schon da, Mister Hollister. Er ist nur noch schnell zu Jim Corner gelaufen.

Hollister: Was will er denn dort?

Betty: Oh ... er will sich eine Karte für das Baseball-Spiel zwischen den Blackboys und Bufallo-Stars holen.

Hollister: (mit erhobenem Zeigefinger) Betty – hast du ihm das Geld dafür gegeben?

Betty: Es kostet nur 35 Cents ...
(eine Tür fällt ins Schloß)
Das ist er ...

Hollister: (laut rufend) Jacky!!
(Tür)

Jacky: Hallo, Großvater ... hast du gerufen?

Hollister: Du brauchst gar nicht so scheinheilig zu tun, Jacky. Ich weiß genau, was du hinter deinem Rücken versteckst.

Jacky: (verlegen) Das – ist – nur ...

Hollister: Eine Karte für das Baseball-Spiel ... Aber setz dich hin, ich habe mit dir zu sprechen. Und mit dir auch, Betty ... (windet sich) Also, das ist so ... ja, ich meine ...

Jacky: Ist es so schlimm, Großvater?

Hollister: Ich weiß nicht ... vielleicht ... Was würdet ihr zum Beispiel sagen, wenn wir aus Chicago fortzögen?

Jacky: (überrascht) Aus Chicago fortziehen? Aber warum denn, Großvater? Und wohin?

Hollister: Ich dachte nach Coolville ...

Jacky: Coolville? Ist das in der Nähe von Chicago?

Hollister? Nein, Jacky. Das liegt weit unten im Süden. Im Staate Alabama ... Auf der Strecke zwischen Birmingham und Montgomery. Es ist ein ganz kleines Städtchen.

Jacky: Aber in Chicago ist es doch schön ... Warum bleiben wir nicht hier?

Hollister: Ja, weißt du, Jacky ... das Leben hier ist sehr teuer. Und die Wohnung kostet auch eine ganze Menge ... und seit deine Eltern tot sind ...

Jacky: Und was ist mit Betty?

Hollister: Sie käme natürlich mit. Weißt du, in Coolville habe ich ein kleines Haus. Es stammt von meiner Schwester Mary; sie hat es mir vererbt. Und wenn wir dort einziehen, brauchen wir keine Miete mehr zahlen. Und billiger ist das Leben in einem kleinen Städtchen auch.

Jacky: Du hast mir nie von Tante Mary erzählt. Ist sie schon lange tot?

Hollister: Vier Jahre ... es gab auch nicht viel von ihr zu erzählen.

Jacky: Warum haben wir sie nie besucht, Großvater?

Hollister: Hm ... Mary wollte nichts von uns wissen. Sie konnte es nie verstehen, daß Betty zur Familie gehört. Sie, mit einer schwarzen Haut ... Für Mary waren alle Neger nach wie vor Sklaven.

Jacky: (erstaunt) Aber ich bin doch auch ein Neger ...

Hollister: In erster Linie bist du mein Enkel. Und deshalb haben wir Tante Mary auch nie besucht ... Aber jetzt ... warum soll das Haus leerstehen. Was meinst du, Betty?

Betty: Wenn Sie mich nach Coolville mitnehmen wollen, Mister Hollister ... Ich möchte gern bei Ihnen und Jacky bleiben. Wo sollte ich auch sonst hin ...

Hollister: Natürlich kommst du mit!

Jacky: Dann will ich auch nach Coolville ... Fliegen wir mit einem Flugzeug, Großvater?

Hollister: Wo denkst du hin, Jacky. Das kann doch kein gewöhnlicher Sterblicher bezahlen ... Wir fahren mit dem Zug.

Jacky: Und wann fahren wir?

Hollister: Möglichst bald. Vielleicht schon im nächsten Monat. Betty, du mußt mich daran erinnern, daß ich Jacky rechtzeitig von der Schule abmelde ...

Betty: Ja, Mister Hollister!

Auf den Tag genau einen Monat später kamen wir in Coolville an. Von früheren Besuchen bei Mary wußte ich, daß sie ganz respektabel eingerichtet war, und so hatte ich alles, bis auf Jackys Möbel, in Chicago verkauft. Seine Möbel sollten später nachkommen.

Der Einzug in unsere neue Heimat gestaltete sich nicht gerade zu einem freudigen Fest. Erstens war es schon stockdunkel, und zweitens mußte ich fast eine Stunde herumlaufen, bis ich den Schlüssel endlich bei Mister Kenwood fand. Er war der Zahnarzt von Coolville und hatte früher oft mit Mary Bridge gespielt. Jacky war bereits zweimal auf den Koffern eingeschlafen, als ich zum Haus zurückkam . . .

Jacky: (verschlafen) Endlich kommst du, Großvater.
Hollister: Ich mußte so lange nach dem Schlüssel suchen.
Betty: Wir hatten schon Angst. Es war so unheimlich still hier.
Hollister: Wir wollen froh sein, daß wir nicht mitten im Ort wohnen. Das hat auch sein Gutes . . . So, und jetzt wollen wir mal sehen, wie hoch der Staub liegt . . . (aufschließen)

Er lag wirklich hoch, und selbst Betty schlug bei dem Anblick, der sich uns bot, die Hände über dem Kopf zusammen. Doch an diesem Abend taten wir nur so viel wie notwendig war, um die Nacht einigermaßen zu überstehen. Um so mehr legten wir uns am nächsten Morgen ins Zeug. Den ganzen Tag putzten, schrubbten und wischten wir herum. Nicht einmal zum Bürgermeister kam ich an diesem Tag. Aber als es Abend wurde, hatten wir das Gröbste hinter uns. Tja, und da fiel es mir eigentlich das erste Mal auf: Nicht ein einziger Mensch hatte uns besucht. Und das war für eine Kleinstadt wie Coolville sehr merkwürdig. Aber ich dachte, daß die Leute Rücksicht auf unseren Putztag nehmen wollten und ließ den Gedanken fallen. Und dann kam unser zweiter Tag. Zuerst erledigte ich einige Formalitäten im Büro des Bürgermeisters. Anschließend ging ich zur Schule . . .

Hollister: Guten Tag, Direktor ... ich bin Dave Hollister ...

Direktor: (freundlich) Das freut mich, Mister Hollister ... ich habe Mary gut gekannt. Ich bin Cliff Burdy ... Bitte, nehmen Sie Platz ...

Hollister: Besten Dank ...

Direktor: Was führt Sie zu mir, Mister Hollister?

Hollister: Ich wollte meinen Enkel Jacky für die Schule anmelden. (beteuert) Er hat in Chicago sehr gute Zeugnisse gehabt. Hier, ich habe sie mitgebracht ...

Direktor: (unruhig) Ja ... natürlich ... nur ... Ihr ... Ihr ... Ihr Enkel ist doch ein Neger ...

Hollister: Mein Enkel ist mein Enkel. Ich wüßte nicht, was das mit der Schulanmeldung zu tun hat, Mister Burdy?!

Direktor: (entschlossen) Mister Hollister, ich will Ihnen reinen Wein einschenken: Ich hatte schon befürchtet, daß Sie Ihren Enkel in meiner Schule anmelden wollen.

Hollister: Wieso befürchtet?

Direktor: Es gibt in dieser Schule keine farbigen Schüler. Nicht einen einzigen ...

Hollister: (verwirrt) Ja, aber ... ich wußte nicht, daß es in Coolville eine besondere Schule für Farbige gibt.

Direktor: So habe ich es auch nicht gemeint. Es gibt nur e i n e Schule hier ...

Hollister: Und welche Schule besuchen die anderen farbigen Kinder von Coolville?

Direktor: Sie fahren zum Unterricht nach Montgomery.

Hollister: (erstaunt) Aber das ist ja über zwanzig Meilen von hier.

Direktor: Allerdings. Sie fahren mit dem Zug.

Hollister: (entschieden) Nein, darauf werde ich mich nie einlassen, Mister Burdy!

Direktor: (beschwichtigend) Mister Hollister ...

Hollister: Mister Burdy, laut Gesetz sollen alle Kinder, gleich welche Hautfarbe sie haben, dieselben Schulen besuchen.

Direktor: Sie haben e i n Wort vertauscht, Mister Hollister. Können!!! Können besuchen ...

Hollister: Worin liegt da der Unterschied?

Direktor: In der Auslegung. Darf ich dazu folgendes sagen: Ich persönlich trete bestimmt nicht für eine Rassentrennung ein. Aber vergessen Sie nicht, Mister Hollister, daß Sie sich nicht mehr in Chicago, sondern in einem Südstaat befinden.

Hollister: Die Sklaverei ist abgeschafft, wenn Sie darauf anspielen.

Direktor: Es gibt ja auch keine Sklaven mehr. Aber Coolville war früher ein Umschlagplatz für Baumwolle. Und wo es viel Baumwolle gab – gab es viele Sklaven. Machen wir uns doch nichts vor, Mister Hollister ... Was machen schon ein paar Jahrzehnte aus ... Die Vorstellung, daß Neger Menschen zweiter Klasse sind, ist noch bei vielen Leuten hier unten tief verwurzelt. Daran ändern auch Gesetze nichts.

Hollister: Aber als Vertreter einer öffentlichen Behörde vertreten Sie doch auch das Gesetz. Sie sind Direktor einer öffentlichen Schule ... Einer Schule, die allen zugänglich sein soll ... Also, verschaffen Sie dem Gesetz Geltung.

Direktor: (seufzt) Sie machen es einem schwer.

Hollister: Jetzt hören Sie mir einmal zu: Mein Enkel Jacky Hollister wird diese Schule besuchen. Ob Sie es wollen oder nicht. Andernfalls wende ich mich an den Gouverneur. Sie haben mich hoffentlich verstanden?

Direktor: (eisig) Ich hatte es nur gutgemeint. I c h glaube nicht, daß Sie Ihrem Enkel damit einen Gefallen tun. Ich gebe zu, i c h kann ihm den Schulbesuch nicht verwehren, aber ...

Hollister: Was aber?

Direktor: Ich habe Sie gewarnt.

Hollister: Soll das eine Drohung sein?

Direktor: Nein, ein gutgemeinter Ratschlag. Schließlich war ich mit Ihrer Schwester befreundet.

Hollister: (verächtlich) Das sagt mir gar nichts ... Ich habe Marys Ansichten über die Rassentrennung genügend gekannt. Wann kann mein Enkel mit der Schule beginnen?

Direktor: Heute ist Freitag ... sagen wir am Montagmorgen. Um 9 Uhr. Sein Lehrer wird Mister Merlin sein ...
Hollister: Mein Enkel wird pünktlich zur Stelle sein, Mister Burdy. Auf Wiedersehen ...

Ich glaube, ich habe damals auf dem Heimweg einen großen Umweg gemacht.
Die Mittagszeit war schon lange vorüber, als ich zu Hause ankam. Jedes Wort, das Mister Burdy gesprochen hatte, ließ ich mir noch einmal durch den Kopf gehen. Hatte er recht? Oder ich ? ... I c h war im Recht. Daran gab es keinen Zweifel. Und je länger ich über diese Sache nachdachte, um so überzeugter wurde ich, daß ich richtig gehandelt hatte. Jacky würde diese Schule besuchen, auch wenn sich ganz Coolville auf den Kopf stellen sollte.
Am Montagmorgen brachte ich ihn bis vor das Schulhaus. Natürlich ahnte ich nicht, was sich zu diesem Zeitpunkt bereits im Klassenzimmer abspielte ...

(Klassenlärm)
Bob: (schreit) Ruhe ... seid doch still ... ich muß euch etwas sagen ...
(Lärm verstummt)
Bob: Wißt ihr schon, daß wir einen Neuen kriegen?
Jim: Stimmt, ich habe auch was gehört ...
Bob: (ruft mit Entrüstung) Er ist ein Nigger!!!
(zuerst Stille, dann wüstes Geschrei – ebbt ab)
Hank: Das kann gar nicht stimmen!
Jim: Ja, ich denke die müssen nach Montgomery?
Bob: Ich weiß es aber genau. Sein Großvater soll ein Weißer sein. Er soll ihn adoptiert haben!
Dick: Wir werfen ihn einfach hinaus ...
(lauter Beifall)
Hank: Wenn das mein Vater erfährt, geht er garantiert zu Cliff Burdy, dem Direktor.

Jim: Warum streiken wir nicht? In unserer Klasse hat kein Nigger etwas zu suchen.
(Beifall, die Tür geht auf)

Merlin: Ihr macht einen Krach, daß man sein eigenes Wort nicht verstehen kann. Guten Morgen!

Alle: Guten Morgen, Mister Merlin!

Merlin: Setzen! Ja, auch du, Hank!
Ich bringe euch hier einen neuen Klassenkameraden. Komm, sag ihnen, wie du heißt!

Jacky: (klar und deutlich) Ich heiße Jack Hollister und komme aus Chicago ...

Merlin: Also, Jack, heißt er. Ich hoffe, daß ihr alle gut miteinander auskommt. Es hat wohl wenig Sinn, Jack, wenn ich dir jetzt die Namen deiner neuen Klassenkameraden sagte ... Du lernst sie mit der Zeit sicher selbst kennen ...

Jacky: Ja, Mister Merlin!

Merlin: Vorläufig setzt du dich vorn hin. Jim, rück ein wenig zur Seite und mach dich nicht so unverschämt breit. Das ist Jim Mulligan, Jack ... Setz dich nur hin, Jim wird dich nicht fressen ...
(Jacky setzt sich)
So, wir beginnen heute mit Geschichte. Nehmt die Bücher hervor, und zwar Seite ... (stockt) Was ist los, Jim?

Jim: (gehässig) Ich möchte auf einen anderen Platz, Mister Merlin. Der Nigger riecht nach Urwald. Und das kann ich nicht vertragen.

M*erlin:* (betont) Jim, ich hatte gehofft, du würdest klug genug sein und Ärger vermeiden. Entschuldige dich sofort bei Jack Hollister!

Jim: Das tue ich bestimmt nicht.

Jacky: Es ist nicht weiter schlimm, Mister Merlin. Jim hat es sicher nicht so gemeint.

Jim: (trotzig, erbost) Doch, ich habe es so gemeint. Du bist ein verdammter Nigger. Und Nigger kann ich für mein Leben nicht ausstehen. Ich will auf einen anderen Platz!

Merlin: Jim, pack' deine Sachen zusammen und geh' nach

Hause! Ich werde noch heute mit dem Direktor sprechen.

Jacky: Ich kann mich auch dorthin setzen, Mister Merlin.

Merlin: (bestimmt) Du bleibst sitzen, wo du bist!
(Schritte, die Tür fällt ins Schloß)
So, das wär's. Und jetzt zu den Geschichtsbüchern. Seite 56 ... Hank, beginne zu lesen ...

Hank: (beginnt zu lesen) Am 27. Februar des Jahres 1867 begann in den Rocky Mountains das letzte ...

Diese Schulstunde war noch lange nicht zu Ende, als ein großer, schwerer Mann das Schulgebäude betrat und mit lauten und wuchtigen Schritten auf das Zimmer des Direktors zuging. Sein Gesicht war zorngerötet, und die Hände zu Fäusten geballt. Er klopfte nicht an die Tür, er donnerte daran. Und bevor noch jemand ‚Herein' rufen konnte, stand der Mann bereits im Raum und ließ einen Wortschwall über Cliff Burdy, den Direktor, niedergehen ...

Direktor: Nun bitte noch einmal, Mister Mulligan. Sie scheinen erregt zu sein ...

Mulligan: (atemlos) Erregt? Ist das vielleicht ein Wunder? Also, hören Sie, Cliff – stimmt das, was mir mein Sohn erzählt hat?

Direktor: (lächelnd) Ich habe keine Ahnung, was Ihnen Ihr Sohn erzählt hat?

Mulligan: Stimmt das, daß in dieser Schule neuerdings verdammte Nigger unterrichtet werden?

Direktor: Ich möchte Sie zuerst bitten, sich etwas zu mäßigen, Mister Mulligan.

Mulligan: Ich will eine Antwort!

Direktor: Wir unterrichten keine ‚verdammten Nigger', sondern den farbigen Enkel von Mister Dave Hollister.

Mulligan: (holt tief Luft) Also doch ... Noch nie wurden hier in dieser Schule Neger unterrichtet. Warum geht dieser schwarze Kerl nicht nach Montgomery?

Direktor: Weil es sein Großvater nicht will. Ich habe ihm diesen Vorschlag gemacht, er hat ihn rundheraus abgelehnt . . .

Mulligan: (giftig) Das wird Schule machen . . . Die anderen Nigger werden das gleiche wollen!

Direktor: Ich kann daran nichts ändern, Mister Mulligan. Ich mache die Gesetze nicht. Ich muß mich aber daran halten. Ist das der einzige Grund, warum Sie sich so ereifern?

Mulligan: Ihr sauberer Mister Merlin hat meinen Jim aus der Klasse geworfen. (mit erhobener Stimme) Und nur wegen dieses verd . . . wegen dieses Niggers . . .

Direktor: Aber es muß doch einen Grund gehabt haben . . . Es ist jetzt Pause, Merlin muß jeden Augenblick . . .
(Tür)
Da ist er schon . . .

Merlin: Tag, Mister Mulligan, daß Sie so schnell hier sein würden, hätte ich nicht gedacht . . .

Direktor: Merlin, was ist vorgefallen? Warum haben Sie Jim Mulligan nach Hause geschickt?

Merlin: Weil er sich wie ein Rüpel benommen hat.

Direktor: Wollen Sie nicht ein bißchen deutlicher werden?

Merlin: Er hat den kleinen Hollister einen ‚verdammten Nigger' genannt und einen anderen Platz verlangt, weil Hollister nach Urwald riechen würde.

Direktor: (kalt) Nun, Mister Mulligan, was sagen Sie dazu . . .?

Mulligan: (unbeirrbar) Recht hat er gehabt!

Merlin: Sie billigen also seine Handlungsweise.

Mulligan: Selbstverständlich . . .

Direktor: Das tut mir leid. Schon deshalb, weil Sie sich mit dem Gedanken vertraut machen müssen, daß Ihr Jim auch weiterhin mit Jack Hollister in die gleiche Klasse gehen muß.

Mulligan: Sie wollen den Nigger also weiter unterrichten.

Direktor: Ich kann gar nicht anders.

Mulligan: Schön. Mal sehen, was die anderen Eltern dazu

sagen werden. Ich kenne eine ganze Menge, die das nicht so ohne weiteres hinnehmen. (droht) Wir werden Abhilfe schaffen, verlassen Sie sich darauf . . .

Direktor: Dann rate ich Ihnen: Fahren Sie lieber gleich zum Gouverneur.

Mulligan: Das erledigen wir selber . . .
(Tür knallt ins Schloß)

Direktor: Genau das habe ich kommen sehen . . .

Merlin: Man sollte etwas unternehmen . . .

Direktor: Aber was? . . . Ich verstehe beide Seiten . . .

Merlin: Ich nicht . . . Ich gehe heute abend zum alten Hollister.

Direktor: Und was versprechen Sie sich davon?

Merlin: Ich werde ihm sagen, daß ich auf seiner Seite stehe und daß er vorsichtig sein soll . . .

Von all diesen Ereignissen hatte ich keine Ahnung. Im Gegenteil, gespannt wartete ich auf Jacky und seinen Bericht vom ersten Schultag. Betty hatte schon das Essen auf den Tisch gestellt, als Jacky endlich nach Hause kam . . . Still legte er seine Tasche in die Ecke und setzte sich an den Tisch . . .

Hollister: Nanu . . . hast du keinen Hunger, Jacky?

Jacky: Nein, Großvater . . .

Hollister: (voll böser Ahnungen) Na, wie war der erste Tag? Wie ist der Lehrer . . . was hast du für Klassenkameraden?

Jacky: Sie . . . sie . . . sie haben mich einen ‚verdammten Nigger' genannt.

Hollister: (bebend) Wer hat dich so genannt?

Jacky: Zuerst Jim. Jim Mulligan, heißt er. Der Lehrer hat ihn deshalb nach Hause geschickt . . . Weil er sich nicht bei mir entschuldigt hat . . .

Hollister: Ja, und weiter?

Jacky: In der Pause sind dann die anderen gekommen. Sie haben gesagt, daß sich das Jim nicht gefallen lasse und daß ich hingehen solle, wo ich hergekommen bin ...

Hollister: Mach dir nichts draus, Jacky. Sie werden sich schon an dich gewöhnen ... Und mit dem Vater von diesem Jim werde ich einmal reden ...

Jacky: Oh, lieber nicht, Großvater. Sonst machen sie es nur noch schlimmer ... (leise) Ich habe ihnen doch nichts gesagt und nichts getan ... niemanden ... warum können sie mich denn alle nicht leiden?

Hollister: Waren es denn alle?

Jacky: Nicht alle. Aber die meisten ... Ich soll nach Montgomery in die Schule gehen ... oder zum Teufel, haben sie gesagt.

Hollister: Es wird schon alles gut werden, Jacky. W i r sind die Stärkeren, weil wir das Recht auf unserer Seite haben. Daran mußt du immer denken ... auch, wenn es manchmal sehr schwer fällt ... Und jetzt iß, Jacky ... Ich glaube, wir brauchen viel Kraft in den nächsten Wochen ... wir zwei ...

Jacky: Ja, Großvater ...

Das war der Anfang damals. Stundenlang war ich an diesem ersten Schultag im Zimmer herumgegangen ... Sollte ich wirklich wieder nach Chicago zurückgehen ... oder sollte ich bleiben? Sollte ich Jacky weiteren Demütigungen aussetzen? Ich wußte kaum noch, wo mir der Kopf stand. Und niemand war da, der mir hätte helfen oder raten können ... Das heißt, ganz so war es nicht ... Ich weiß nicht mehr, wie spät es schon war ... draußen dunkelte es schon. Betty war zu ein paar Besorgungen weg, und Jacky hockte seit Stunden in seinem Zimmer. Da wurde plötzlich die Haustür aufgerissen und Betty stürmte herein ...

Hollister: Mein Gott, Betty, was ist denn los?

Betty: (keucht) Wir müssen weg, Mister Hollister ... schnell ...

Hollister: Nun mal langsam ...

Betty: Sie kommen ... sie kommen doch schon ...

Hollister: Wer kommt?

Betty: Männer . . ein Haufen Männer ... sie wollen zu unserem Haus ... wegen Jacky ... o Gott, was soll werden ...

Hollister: Woher weißt du denn, daß sie zu uns wollen?

Betty: Ich habe es gehört. Ich habe mich doch an ihnen vorbeigeschlichen ... Da habe ich gehört, wie sie Drohungen gegen Sie ausgestoßen haben ... Und daß sie es Ihnen zeigen würden ... Sie müssen jeden Augenblick hier sein ...

Hollister: Betty, jetzt beruhige dich und tue, was ich dir sage. Geh' hinunter und verriegle die Haustür. Und schließe alle Fensterläden. Ich werde inzwischen den Sheriff anrufen ... Nun geh schon ...

Betty: (verwirrt) Ja ... Ja, Mister Hollister ... o Gott, o Gott ...

Es war wirklich ein aufregender Tag. Viermal versuchte ich den Sheriff zu erreichen, aber er war nicht da. Zumindest meldete sich niemand ... Ich hatte gerade wieder einmal den Hörer aufgelegt, als Betty ins Zimmer zurückkam ...

Betty: (weinerlich) Die Fensterläden sind zu, und die Haustür habe ich auch fest abgeschlossen ... Ich habe solche Angst, Mister Hollister.
(Geräusch einer Tür)

Jacky: Wovor hast du Angst, Betty?

Hollister: (erschrocken) Ich denke, du schläfst schon lange, Jacky?

Jacky: (verwundert) Schlafen ... so früh? Ich bin auch noch gar nicht müde. Warum hat Betty Angst, Großvater?

Hollister: Hör zu, mein Junge. Da sind einige Krakeeler unterwegs zu uns ... Radaubrüder, weißt du ...
(entferntes Geschrei ist zu hören)
... da sind sie schon ... Sie wollen uns sicher mitteilen, daß wir ihnen nicht passen.

Jacky: (schluckt) Das hat mit der Schule zu tun, stimmt's, Großvater?

Hollister: Das mag sein. Sicher, so wird es sogar sein ...

Betty: (voller Angst) Wie sie schreien .. was tun wir denn jetzt?

Hollister: Ihr zwei geht jetzt in die Küche und verhaltet euch still ... (dumpfes Poltern) Na, hoffentlich lassen sie wenigstens die Haustür ganz ...

Betty: Ich sterbe vor Angst ...

Hollister: Aber Betty, du wirst dich doch von ein paar Maulhelden nicht ins Bockshorn jagen lassen ... Geht jetzt in die Küche ...
(Poltern gegen die Haustür)

Mulligan: (von außen) Machen Sie auf, Hollister, oder wir machen ein kleines Freudenfeuerchen im Garten ...
(zustimmendes Gebrüll)

Hollister: (von innen, ruft laut) Was wollen Sie von uns? Lassen Sie uns in Frieden!

Mulligan: Wir wollen uns nur ein wenig mit Ihnen unterhalten. Weiter nichts, Hollister.

Hollister: Worüber?

Mulligan: Über vielerlei! Aber in der Hauptsache über Neger. Über ‚kleine' Neger, die nicht in die Schule gehen sollten ...

Hollister: Schön, das ist ein Thema, über das ich mich gern unterhalte!
(schließt die Tür auf, tritt hinaus)
Bitte, ich heiße Dave Hollister. Und wie heißen Sie?

Mulligan: Ich bin Archie Mulligan ... das dort ist ...

Hollister: (winkt ab) Oh, mir reicht Ihr Name, Mister Mulligan. Denn Sie sind ja der Wortführer ...

Mulligan: Und deshalb teile ich Ihnen auch mit, daß wir

keine Lust haben, uns auf lange Diskussionen einzulassen. Wir bringen Ihnen nur unsere Forderungen!

Hollister: Forderungen? Mit welchem Recht?

Mulligan: Mit welchem Recht? Mit dem Recht des Stärkeren. (lacht schallend) Wir sind zwanzig – und Sie nur einer. (Alle brechen in grölendes Lachen aus)

Mulligan: Also – ab morgen werden Sie Ihren schwarzen Bengel nach Montgomery in die Schule schicken.

Hollister: Weiter!

Mulligan: (verdutzt) Was weiter?

Hollister: Sind das alle Ihre Forderungen?

Mulligan: Ja. Wir versprechen Ihnen sogar, daß Sie dann ungeschoren davonkommen!

Hollister: (ironisch) Sie übertreffen sich ja ... Und so was ist ein erwachsener Mensch ...

Mulligan: (wütend) Wir können auch anders ...

Hollister: Davon bin ich überzeugt! Was tun Sie denn, wenn ich Ihre Forderung ablehne? So sagten Sie doch: Forderung ...

Mulligan: Dann werden wir Sie und Ihresgleichen aus der Stadt jagen. Könnte sein, daß dabei Ihr Häuschen ein wenig abbrennt ...

Hollister: Und Sie sind der Ansicht, daß der Sheriff dabei still zusieht?

Mulligan: Nun, für heute haben wir ihn erst einmal in die Wüste geschickt ...
(Alle lachen)
Und für den anderen Fall, mein lieber Hollister, er wird stillhalten müssen. Sie haben keine Freunde in der Stadt... außer den paar Niggern ...

Merlin: (entfernt) Das ist ein Irrtum, Mister Mulligan ...

Mulligan: (erbost) Merlin, zum Teufel, was mischen Sie sich da ein?

Merlin: Ich gehöre sozusagen zur Sache. Schließlich bin ich Jack Hollisters Lehrer und – infolgedessen auch sein Freund.

Mulligan: Ach, und mein Sohn?

Merlin: Ich bin auch sein Freund . . .

Mulligan: Die Sache hier geht Sie aber nichts an.

Merlin: Hören Sie zu, Mister Mulligan, ein paar ernste Worte. Was Sie hier tun, ist gegen das Gesetz!

Mulligan: (höhnisch) Ach, was Sie nicht sagen . . . Wo ist es denn – das Gesetz.

(Auto nähert sich, hält, Autotüren knallen)

Merlin: Wenn mich nicht alles täuscht, ist es schon da. Hallo, Sheriff, sie kommen wie bestellt . . .

Sheriff: (breit, unfreundlich) Jetzt, wo ich Sie so vor mir sehe, Mister Mulligan, weiß ich auch, woher ich die Stimme am Telefon kannte, die mir verriet, daß am Samty-River Rinder gestohlen würden . . .

Mulligan: I c h ?

Sheriff: Man hat mir berichtet, hier ginge etwas vor . . .

Mulligan: Wir haben einen kleinen Besuch gemacht . . .

Merlin: Ich habe die Begrüßungsworte gehört, Sheriff. Wenn Sie Wert darauf legen, kann ich sie gern wiederholen . . . so von aus der Stadt jagen und Haus anzünden . . .

Sheriff: (resolut) Ich wünsche hier in einer Viertelstunde niemanden mehr zu sehen. Mister Merlin, Mister Hollister – dürfte ich Sie einmal ins Haus bitten?!

Hollister: Bitte, treten Sie ein, Sheriff . . .

(Tür, Schritte, Tür)

Ich danke Ihnen vielmals für Ihren Beistand, Mister Merlin . . .

Merlin: Nichts zu danken. Ich habe es aus Überzeugung getan!

Sheriff: Sie können sich nachher weiter unterhalten. Mister Hollister, nur einige Worte zu Ihrer Information: Ich persönlich bin nicht gerade ein Negerverehrer, dazu bin ich zu sehr Südstaatler, aber ich bin in erster Linie Sheriff. Und ich liebe meinen Beruf. Noch mehr jedoch liebe ich das Recht. Aber ich kann nicht überall sein. Sie sind ohne Zweifel im Recht, Mister Hollister, aber seien Sie trotzdem vorsichtig.

Hollister: Sie meinen, ich soll meinen Enkel nicht mehr zur Schule schicken?

Sheriff: Das meine ich nicht. Aber Sie sollen nicht mit Gewalt Zündstoff schaffen. Halten Sie nach Möglichkeit in der Stadt keine Aufklärungsreden. So habe ich es gemeint!

Hollister: Ich hatte nicht die Absicht, Sheriff!

Sheriff: Okay, dann haben wir uns verstanden. Das wär's für heute. Wenn Sie mich brauchen, rufen Sie mich an. Wenn ich nicht gerade angeblichen Viehdieben hinterherlaufe, werden Sie mich schon erreichen . . . Gute Nacht, Mister Hollister . . . Gute Nacht, Mister Merlin!

Hollister/Merlin: Gute Nacht, Sheriff . . .
(die Tür fällt ins Schloß)

Hollister: (atmet tief durch) Ja, Mister Merlin . . . darf ich Ihnen etwas anbieten?

Merlin: Nein, aber ich komme bei Gelegenheit, wenn es Ihnen recht ist. Meine Frau weiß nicht, wo ich bin . . . Ich möchte sie nicht unnötig beunruhigen . . .

Hollister: Verstehe . . . Ich brauche Ihnen nicht noch einmal zu versichern, wie mich Ihre Hilfe gefreut hat . . . Sie waren der erste Freund in dieser Stadt . . .

Merlin: Schon gut, Mister Hollister. Auf mich können Sie immer zählen . . . Gute Nacht . . .

Licht und Schatten. Es war tröstlich, daß wir beides fanden. Und wenn das Licht auch in der Minderheit war, so zählte es doppelt und reichte aus, um uns wieder Mut zu machen. Wenn der Lehrer auf unserer Seite stand – warum sollten es nicht auch andere sein? Aber es sah nicht danach aus . . . Fast vierzehn Tage vergingen, ohne daß sich etwas Nennenswertes ereignete. Aber dann, es war am Wochenanfang, kam Jacky ganz verstört nach Hause . . .

Jacky: Es ist wieder etwas passiert, Großvater.

Hollister: Hat man dich wieder beschimpft?
Jacky: Das tut man jeden Tag, das meine ich nicht. Man hat mich bestohlen.
Hollister: (als habe er sich verhört) Bestohlen? . . . Wer hat dich bestohlen?
Jacky: Irgend jemand, ich weiß es nicht . . .
Hollister: Und was hat man dir gestohlen?
Jacky: Meine Mappe mit allen Büchern.
Hollister: Und du hast keinen Verdacht? Wie ist es geschehen?
Jacky: Es war in der Pause zur letzten Stunde. Wir waren alle im Garten und spielten Baseball . . .
Hollister: Du auch?
Jacky: (flüstert) Ich nicht . . . Ich nicht, Großvater . . . Ja, und als ich wieder ins Klassenzimmer kam, war die Mappe weg . . .
Hollister: Und was sagte Mister Merlin dazu?
Jacky: Oh, der war ganz furchtbar wütend und hat jeden einzelnen gefragt . . . Aber niemand hat etwas gewußt . . .
Hollister: Hat Jim Mulligan auch Baseball gespielt?
Jacky: Ja. Es fehlten eigentlich nur Hank Dickens und Bob Mirror.
Hollister: Glaubst du, daß sie etwas damit zu tun haben, Jacky?
Jacky: Ich weiß nicht, Großvater . . . Sie stecken aber immer mit Jim Mulligan zusammen . . . Mister Merlin hat gesagt, du sollst dich nicht beunruhigen, die Bücher bekäme ich von der Schule ersetzt und mit der Mappe würde sich auch noch eine Lösung finden . . . Und den Sheriff sollst du vorläufig aus dem Spiel lassen.
Hollister: Glaube mir, Jacky, ich bin todunglücklich, daß ich dir solche Dinge nicht erspart habe . . .
Jacky: Mach dir keine Sorgen, Großvater . . . Wenn ich groß bin und Geld verdienen kann, ziehen wir wieder nach Chicago.
Hollister: Ja, Jacky, das wird das beste sein . . .

Damit wir beide auf andere Gedanken kommen sollten, fuhren wir an diesem Tag nach Montgomery und sahen uns einen Film an. Anschließend leisteten wir uns einige Riesenportionen Eiscreme und aßen gebratene Putenschenkel. Und damit Betty auch zu einer kleinen Freude kam, setzten wir uns am Abend gemeinsam an den runden Tisch und spielten ‚Drei setzt aus'. Das war nämlich Bettys Lieblingsspiel. Wir hatten vielleicht eine halbe Stunde gespielt, als sich etwas ereignete . . .

Betty: (kichernd) Mister Hollister muß aussetzen. Es ist schon das zweite Mal . . .

Hollister: Daran siehst du, Betty, was ich für ein Pechvogel bin. So, Jacky, jetzt zeig einmal, was du kannst . . . (Würfeln)

Jacky: Vier – fünf und eine Zwei macht elf . . . Ganz schön, was?

Betty: Ich werde jetzt achtzehn würfeln . . . Achtung . . . (Gewaltiges Scheibenklirren und -splittern)

Jacky: (tonlos) Meine Mappe . . . (laut rufend) Bleib hier, Großvater . . .

Betty: (zitternd) Mein Herz . . . ich glaube, es hat eben ausgesetzt . . . Die ganze Scheibe kaputt . . . Was das wieder kosten wird.

Jacky: (atemlos) Betty . . . sieh, was in meiner Tasche ist . . .

Betty: Ein Igel . . . ein lebender Igel.

Jacky: Ist er nicht . . . nicht . . . tot?

Betty: Schau, er läuft . . .

Jacky: Und meine Schulbücher? Warum geben Sie mir denn meine Bücher nicht zurück? . . . Oh, Großvater, hast du jemanden gesehen?

Hollister: Sie waren schneller als meine alten Beine . . . Ich habe nur sehen können, daß sie zu zweit waren . . . auf einem Fahrrad . . . einem gelben Fahrrad . . .

Ich erzählte die unangenehme Geschichte dem Sheriff, aber der wußte auch nicht – oder wollte es vielleicht nicht wissen – wer ein gelbes Fahrrad besaß. Vielleicht hatte ich mich in der Farbe auch getäuscht.

Die Täter blieben unbekannt.

Doch dann überstürzten sich die Ereignisse, und die Aufregung gehörte ebenso zum Tagesablauf, wie der Mondaufgang und der Sonnenuntergang.

Es begann damit, daß Lester Olly, ein schwarzer Omnibusfahrer, seinen Sohn von der Schule in Montgomery abmeldete und in Coolville eintragen ließ. Er tat es mit dem Hinweis auf Jacky und dem Sprichwort: ‚Was dem einen recht ist, ist dem anderen billig.' Nach ihm folgten Tob Muller und Swifty Snam mit ihren Söhnen. Der Aufruhr in der Stadt war an allen Ecken und Enden zu spüren. Es knisterte förmlich. Aber trotzdem gab es auch eine ganze Anzahl Einwohner, die es begrüßen und die sich offen mit ihrer Meinung zu uns bekannten.

Es war an einem regnerischen Nachmittag, als ich in der Stadt plötzlich auf Archie Mulligan stieß . . .

Mulligan: (haßerfüllt) Sieh mal einer an, der alte Hollister wagt sich sogar noch in die Stadt . . .

Hollister: Für Sie bin ich immer noch ‚Mister' Hollister!

Mulligan: (zischt) Für mich sind Sie ein elender Niggerfreund. Ihnen haben wir die Invasion der schwarzen Bande in der Schule zu verdanken . . . Hollister, Sie werden dafür zahlen müssen, das schwöre ich Ihnen . . . Ihnen werden wir die Niggerverehrung austreiben . . .

Am nächsten Tag stellte jemand Jacky ein Bein. Direkt hinter Mister Merlins Rücken. Jacky stürzte so unglücklich, daß er sich das Bein brach. Mister Merlin kam jeden Abend, um Jacky zu unterrichten. Er verlangte nichts dafür, und ich fühlte mich immer mehr in seiner Schuld . . . Als Jacky wieder gesund war, gingen die Beschimpfungen in verstärktem Maße weiter. Mein kleiner Enkel Jacky wurde immer stiller. Und dann, es war wenige Tage vor den großen Ferien, versetzte Mister Merlin allen Lästerern einen Seitenhieb, als er Jacky mit der Jahresplakette für die besten Schulleistungen auszeichnete. Sie wurde jedes Jahr an den besten Schüler jeder Klasse verliehen.

Zwei Tage später.

Es war der letzte Schultag. Ich mußte an diesem Tag geschäftlich nach Montgomery reisen und traf erst gegen zehn Uhr abends wieder zu Hause ein ... Betty sah mich mit großen, ängstlichen Augen an.

Hollister: Hallo, Betty ... hast du auf mich gewartet? Schläft Jacky schon?

Betty: (angstvoll) Er ist noch gar nicht da ...

Hollister: (fährt auf) Was? Er ist nicht da ... was meinst du damit?

Betty: So gegen sechs Uhr rief David Olly an. Sie wissen, das ist sein Schulkamerad ... Jacky hat mir gesagt, daß er nur schnell hingehe, David habe eine Dampfmaschine bekommen ...

Hollister: Aber da müßte er doch längst wieder hier sein ...

Betty: Ich habe schon ein paarmal bei den Ollys angerufen, aber es meldet sich niemand ...

Hollister: (stürzt an den Apparat) Die Nummer, Betty ... Gib mir schon die Nummer ...

Betty: Hier, auf dem Zettel ...
(Wählen)

Olly: (verschlafen) Hallo, hier Olly ...

Hollister: (aufgeregt) Hallo, Mister Olly, hier spricht Hollister. Dave Hollister ...

Olly: (Stimme wird munter, höflich) Ja, Mister Hollister, entschuldigen Sie, wenn ich einen so müden Eindruck gemacht habe ... ich war nämlich schon im Bett ...

Hollister: Wieso schon im Bett? Ist denn Jacky nicht mehr bei Ihnen?

Olly: (erstaunt) Jacky? Nein, wie kommen Sie darauf, Mister Hollister? Sollte er mir etwas ausrichten?

Hollister: Hören Sie, Olly, Ihr Sohn David hat ihn doch heute abend angerufen ... Sie haben Ihrem Sohn doch eine Dampfmaschine geschenkt . .?

Olly: (verwirrt) Entschuldigen Sie, spreche ich wirklich mit Mister Hollister?

Hollister: Ja, zum Teufel, warum fragen Sie? Stimmt etwas nicht?

Olly: Mein Gott, nichts stimmt, Mister Hollister. Woher sollte ich soviel Geld nehmen, um David eine Dampfmaschine zu kaufen ... Und angerufen kann er Ihren Jacky auch nicht haben ...

Hollister: (drängend, ungeduldig) Wecken Sie ihn, Olly. Fragen Sie ihn persönlich!! Los!!

Olly: Ich weiß es genau ... David ist doch gar nicht in Coolville. Er ist schon seit gestern bei seiner Großmutter in Santa Christo ...

Hollister: (ohne Verständnis) David ... ist ... nicht ... in ... Coolville?! (legt Hörer auf) Verstehst du das, Betty? David Olly ist gar nicht in der Stadt. Er ist in Santa Christo ... Er kann Jacky nicht angerufen haben ... Das heißt ... (plötzlich laut und heftig) ... das heißt ... (wählt)

Betty: Was heißt das, Mister Hollister?

Sheriff: Hier Sheriff Morris ...

Hollister: (heiser) Hier ist Hollister, Dave Hollister ... Sheriff, man hat Jacky verschleppt ... er ist verschwunden ...

Sheriff: Bitte, das Ganze noch einmal, Mister Hollister!

Hollister: Um sechs hat man ihn fälschlich zu David Olly gebeten. Jacky ist hingegangen ... In Wirklichkeit ist David Olly aber gar nicht in Coolville ... Wir haben nichts mehr von Jacky gehört und gesehen ... seit sechs ... Sheriff, Sie müssen etwas unternehmen ...

Sheriff: (sachlich) Bleiben Sie zu Hause. In zehn Minuten bin ich bei Ihnen! (legt auf)

Hollister: (leise) Danke, Sheriff ... (legt ebenfalls auf) Danke ... Vielleicht sollten wir auch Mister Merlin verständigen, Betty ...

Betty: Ja, Mister Hollister ... ich rufe ihn an ... ich rufe ihn gleich an ...

Es waren entsetzliche Stunden, die Betty und ich durchmachten. Stunden der Verzweiflung, der Selbstvorwürfe, der Verbitterung. Stunden, die sich zu Ewigkeiten dehnten. Der Sheriff war bereits nach weniger als zehn Minuten zur Stelle. Er machte ein ernstes Gesicht und ließ sich Jackys Kleidung beschreiben ... Es war, als suchte man nach einem Toten ...

Waren es zuerst nur Sheriff Morris und zwei Gehilfen, die suchten, so kamen gegen Mittag des nächsten Tages noch einige Polizisten mit Spürhunden dazu. Auch die Zahl der Coolviller Einwohner, die sich dem Trupp anschlossen, nahm ständig zu. Zuletzt waren es mehr als hundert.

Betty und ich hatten in der ganzen Zeit nicht ein Auge zugemacht, und ich verspürte auch keinerlei Müdigkeit.

Und wieder wurde es Abend. Jacky war jetzt schon seit 28 Stunden vermißt. Ich war gerade nach Haus gekommen und schlürfte einen heißen Kaffee, als es klingelte. Betty ging nachsehen. Es war der Sheriff, der bleich und übernächtigt vor uns stand ...

Sheriff: (müde) Abend, Hollister ...

Hollister: (ebenso) Ich seh's Ihnen an ... Sie haben nichts gefunden.

Sheriff: Nein. Wir haben, zusammen mit den freiwilligen Helfern, im Umkreis von zehn Meilen jeden Fußbreit Boden untersucht ...

Hollister: Haben Sie noch Hoffnung ... sagen Sie es mir ehrlich ...

Sheriff: Ich weiß nicht, was ich von der ganzen Sache halten soll. Über eines müssen wir uns natürlich klar sein: Es kann alles geschehen sein ...

Hollister: Ja, ja, Sheriff ... Sie haben recht. Man muß mit allem rechnen ... (es klingelt entfernt) Betty, schau nach, wer da ist ...

Sheriff: Ich weiß nicht, wie lange ich die Suche noch fortsetzen kann. Stellen Sie sich vor, wenn Jacky von einer oder mehreren Personen in einer Wohnung oder in einem Verlies versteckt gehalten wird ... Da suchen wir ewig.

Hollister: Wer sollte das tun?

Sheriff: (sarkastisch) Ja, wenn ich das wüßte, stünde Ihr Enkel jetzt vor uns.

Betty: (zaghaft) Mister Hollister, eine Frau möchte Sie sprechen.

Hollister: Was – jetzt um diese Zeit? Wer ist es denn?

Betty: Ich weiß es nicht. Sie hat ihren Namen nicht gesagt und sie hat das Gesicht mit einem Schal so verdeckt, daß man nur die Augen sehen kann.

Hollister: Bring sie herein, Betty ... Vielleicht will sie zu Ihnen, Sheriff?

Sheriff: (mürrisch) Ich habe niemanden bestellt.
(Geräusch der sich öffnenden Tür)

Mrs. Mulligan: Guten Abend ...

Hollister: Guten Abend, können Sie mir sagen, wer ...

Sheriff: (überrascht) Hallo, Missis Mulligan ...?

Mrs. Mulligan: Ja, ich bin's. Mein Mann hat keine Ahnung, daß ich hier bin, und ich wäre ihnen dankbar ...

Hollister: Verstehe, Missis Mulligan ... ich weiß nur nicht ...

Mrs. Mulligan: Hören Sie mich bitte an. Ich habe den Verdacht, daß mein Mann etwas mit dem Verschwinden Ihres Jacky zu tun hat. Er ist in seiner Verblendung zu allem fähig ...

Sheriff: Sie sind sich darüber im klaren, Missis Mulligan, was dieser Verdacht, sollte er sich bestätigen, bedeutet?

Mrs. Mulligan: Ich hoffe, daß Sie meinen Mann schonen,

wenn ich Ihnen helfen kann. Kennen Sie den alten Steinbruch an der Straße nach Montgomery?

Sheriff: Ja!

Mrs. Mulligan: Da gibt es einen alten, verfallenen Stollen. Niemand kennt ihn. Mein Mann hat ihn einmal durch Zufall entdeckt und versteckt sein Angelzeug immer darin. Sie sollten dort einmal nachschauen ...

Wir brachen sofort auf. Und wir fanden Jacky auch sofort. Er war gefesselt und ganz heiser vom vielen Rufen. Von ihm erfuhren wir auch, wer ihn dorthin geschleppt hatte; es war nicht Archie Mulligan. Es waren Jim Mulligan, Hank Dickens und Bob Mirror. Als sie dann sahen, was sie angerichtet hatten, bekamen sie es mit der Angst zu tun und schwiegen. Wäre Missis Mulligan nicht auf den Gedanken gekommen, ihr Mann könnte seine Hände im Spiel haben, wäre Jacky in dem Stollen buchstäblich verhungert ...

Nach drei Monaten hatten wir auch diesen Schrecken überwunden.
Und dann kam der 17. November. Ein Tag, den ich nie vergessen werde ...
Es war gegen acht Uhr abends, als Jacky ins Zimmer gestürzt kam und rief ...

Jacky: (laut rufend) Großvater ... bei Mulligan brennt es ...

Natürlich stürzten wir sofort hinaus ... tatsächlich, der Himmel war hell, und man roch den Rauch bis ans Haus. Jacky faßte mich an der Hand und zog mich mit sich fort. Und je näher wir an den Brandherd kamen, um so schneller wurden unsere Schritte ... Und wir hörten eine Stimme rufen ... ‚Jim', rief sie ... nein, schrie sie ... ‚Jim' ... und immer wieder ‚Jim' ... Ich hätte mir am liebsten die Ohren zugehalten, und doch zog es mich magnetisch in die Richtung des Rufers ... in die Richtung Archie Mulligans ... Und ich hörte den Sheriff schreien ...

Sheriff: Sind Sie wahnsinnig, Mulligan, das Haus kann jeden Augenblick einstürzen ...

Mulligan: (kaum noch seiner Sinne mächtig) Jim, mein Sohn Jim ist im Haus ... er wird im Keller sein ... ich muß ihn holen ...

Sheriff: Das wäre glatter Selbstmord ... Bleiben Sie hier ... Gibt es denn keinen anderen Zugang zu diesem Keller? Besteht nicht eine Verbindung zum Lagerhaus?

Mulligan: (keucht) Hier ... hier ist der Schlüssel ... er gehört zur Tür, die den Keller des Hauses von der Lagerhalle trennt. Es ist eine dicke Bohlentür ...

Sheriff: Also los, geben Sie her ... Wir müssen ins Lager ...

Mulligan: Das nützt nichts ... Die Tür ist nur vom Wohnhaus aus schließbar ... wegen Dieben ... Mein Gott, Jim ... Jim, was soll ich machen ...

Sheriff: (ebenso verzweifelt) Es gibt keinen Zugang mehr zum Haus. Es kann jeden Augenblick zusammenstürzen ... nur rechts, dort, wo das Gitter ist ...

Mulligan: Das Büro ...

Sheriff: Es nützt nichts ... durch das Gitter kommt höchstens ein Kind ...

Mulligan: (erst nachsprechend, dann hysterisch schreiend) Ein Kind ... Ein Kind ... Ja, ich brauche ein Kind ... Ich brauche ein Kind ...

Hollister: (schreit entsetzt) Jacky ... bist du verrückt, komm zurück! Jacky ... mein Gott, Jacky ...

Sheriff: (tonlos) Er hat mir einfach den Schlüssel aus der Hand gerissen ... Jetzt können wir nur noch beten ...

Hollister: (leise ins Leere) Er kann doch nicht ... Er kann doch nicht ...

Jacky schaffte es.
Jim Mulligan kam mit einer leichten Rauchvergiftung noch besser weg als Jacky, der mit Verbrennungen an Armen und Beinen über zwei Monate im Krankenhaus bleiben mußte ...

Schwester: Da will dich ein Mann sprechen, Jacky, soll ich ihn hereinlassen?

Jacky: Ja, Schwester ...
(schwere Schritte)

Mulligan: (bewegt) Es ist nur der alte, dumme Archie Mulligan. Gestattest du es dem alten, dummen Mulligan, daß er sich für einen Moment an dein Bett setzt?

Jacky: Ja, Mister Mulligan ...

Mulligan: Ich könnte jetzt viel sagen, Jacky ... eine ganze Menge ... so von Dank, weißt du ... und von ewiger Freundschaft ... und vom Nievergessen, weißt du ... aber ich tue es nicht ... Die Zeit des Schwatzens soll vorbei sein ... der alte, dumme Mulligan wird handeln ... Und als bester Schüler deiner Klasse wirst du das verstehen ...

Jacky: Ja, Mister Mulligan ...

Mulligan: Ein paar winzig kleine Handlungen will ich schon jetzt vornehmen ... (klatscht in die Hände, die Tür öffnet sich)

Jacky: (fassungslos) Ein Fahrrad ...

Mulligan: Damit du etwas zum Freuen hast und dich mit dem Gesundwerden beeilst ... Und über das andere reden wir, wenn es soweit ist ... Übrigens, Jacky, draußen steht Mister Merlin mit der Klasse ... Sie haben mir Prügel angeboten, wenn du sie nicht empfängst ... Darf ich ihnen sagen, daß sie hereinkommen dürfen?

Jacky: (fröhlich) Ja, Mister Mulligan, ich freue mich sehr ...

Ja, das waren die Minuten im Krankenhaus. Und was das Handeln des alten Archie Mulligan betrifft – er hat es nicht vergessen ... Ist es eine Schande, wenn ein reicher Mann dem Enkel eines armen Mannes hilft? Hm, bestimmt nicht ... Und schließlich kostet so ein Studium eine Menge Geld ...
Na, damit wäre ich eigentlich am Ende meiner Geschichte. Natürlich hätte auch Jacky sie erzählen können, aber der besucht mich ja nur alle 14 Tage. Er sagt, er habe in seiner Anwaltspraxis in Atlanta so viel zu tun, daß es wirklich nicht öfters gehe ... Und die Leute sagen, daß er wirklich was von der Sache verstehe ... Gut so, dann hat er wenigstens keine Zeit, solche Nachrichten im Radio zu hören ... Ach ja ... das Licht darf ich nicht vergessen auszumachen.

Jacques, der Dieb

Die Personen:

André Labin und

Michel Poire, Angestellte einer Zeitungsagentur, die in einen Schneesturm gerieten und dabei auf

Marcel Leger stießen, der ihnen die Legende von

Jacques Isell erzählte, in der eine Menge Leute vorkamen.

Zum Beispiel:

Polizist,

Viehhändler,

Bauer, einer von denen, die ihr Geld in Vasen verstecken.

Heckenschneider, und andere – und eine unheimliche

Stimme

Es ist eine Reihe von Jahren her. André Labin arbeitete damals als Reporter bei der *Internationalen Zeitungsagentur* in Paris.
Es mochten noch drei Wochen bis Weihnachten gewesen sein, als Labin Order bekam, sich umgehend bei seinem Chef, Monsieur Roché, zu melden.

Labin: (ohne Begeisterung) Guten Morgen, Monsieur Roché. Sie haben mich rufen lassen?

Chef: Morgen, André, ich habe einen Auftrag für Sie. Machen Sie gefälligst ein freundlicheres Gesicht, wenn ich bitten darf . . .

Labin: Drei Wochen vor Weihnachten . . .? Was Größeres, Monsieur?

Chef: Wie ich Sie kenne, machen Sie das mit der linken Hand. Das ‚Journal Paris' bringt eine Serie französischer Legenden aus der Provinz. Kannten Sie nicht mal einen Knaben, der so was sammelt?

Labin: (freudlos) Ja, Robert Retain. Der Knabe ist Pfarrer . . .

Chef: Meinetwegen. Wo wohnt Hochwürden?

Labin: In einer kleinen Ortschaft in der Nähe von Lyon . . . Und da verlangen Sie auch noch ein freundliches Gesicht . . . Bei dieser Kälte . . . und drei Wochen vor Weihnachten . . .

Chef: Wenn Sie noch lange meckern, schicke ich Sie zu einer Reportage zu den Eskimos . . .

Labin: Schon gut, Chef. Wann soll ich fahren?

Chef: Sofort. Nehmen Sie sich den Fotografen Poire mit . . .

Labin: Wozu brauche ich zum Legenden-Aufspüren einen Bildberichterstatter?

Chef: Das ‚Journal Paris' hat es sich in den Kopf gesetzt, seine Legenden mit authentisch anmutendem Bildmaterial aufzulockern. Die erste Geschichte müssen wir zwei Tage vor Weihnachten abliefern. Das heißt also, daß Sie spätestens fünf Tage vor Weihnachten wieder in Paris sein müssen ... Nun lächeln Sie wenigstens zum Abschied, André. Ich wünsche Ihnen Hals- und Beinbruch.

André Labin fuhr nicht sofort, sondern am Morgen des nächsten Tages. Auch der Fotograf Michel Poire heuchelte keineswegs Begeisterung.
Das Wetter war abscheulich. Sie hatten noch ungefähr 150 Kilometer bis Lyon vor sich, als sie völlig unerwartet von einem fürchterlichen Schneesturm überrascht wurden ... Es war in der Gegend von Clermont. Bald ging es nur noch schrittweise vorwärts, weil man buchstäblich nicht mehr als einen Meter weit sehen konnte ... So ging es wohl eine halbe Stunde. André stieg aus, um Michel am Steuer abzulösen. Während er in den eisigen Schneesturm hinauskletterte, mußte er eine traurige Entdeckung machen ...

(Sturm, Zuschlagen einer Autotür)

Labin: (schreit) Michel, wir sind falsch gefahren ...

Michel: (ebenso) Unmöglich ... bei diesem Schneckentempo ...

Labin: Trotzdem ... das hier ist keine Straße ... höchstens ein besserer Feldweg ...

Michel: Dann müssen wir umkehren.

Labin: Bleibt uns nichts anderes übrig. Dreh' das Fenster herunter. Ich gebe dir Anweisungen ...

Das Wendemanöver endete mit einem Fiasko. Obgleich Michel jede Bewegung mit größter Vorsicht ausführte und auch André sich alle Mühe mit seinen Wende-Regie-Anweisungen gab, legte sich das Fahrzeug mit sanfter Gelassenheit auf die Seite. Sie waren mit zwei Rädern in den Begrenzungsgraben gekommen. In dieser Stellung aus eigener Kraft herauszukommen, war unmöglich.
In den nächsten Stunden waren sie mit sich allein. Nicht ein

einziger Wagen kam ihnen entgegen oder wollte an ihnen vorbei.
Es ging alles gut und alles war erträglich, solange der Motor lief und damit auch die Heizung funktionierte. Kurz nach Mitternacht jedoch begann der Motor plötzlich zu spucken ... und nach einigen Stoßseufzern stellte er seine Tätigkeit endgültig ein.
Bereits nach einer Viertelstunde war es im Wagen so kalt, daß die beiden Reporter hinausklettern mußten, um Freiübungen zu machen. Zu ihrem Glück ließ wenigstens der Sturm nach, und die Schneeflocken schrumpften zu einer manierlichen Größe zusammen ...
Das war der Augenblick, in dem Michel einen Einfall hatte ...

Michel: Ich schlage vor, André, daß wir den Wagen hier liegenlassen und versuchen, eine Ortschaft zu erreichen ...

Labin: Hm, ich weiß nicht, ob wir das tun sollten. Vielleicht ist die nächste Ortschaft zehn Kilometer entfernt ...

Michel: Hier frieren wir langsam zu Eis. Oder glaubst du, daß ich Lust habe, die ganze Nacht wie ein Ballettmädchen herumzuhüpfen?

Labin: (scherzt) Wir könnten ja zur Abwechslung mal einen Schneemann bauen. Was meinst du?

Michel: Warum nicht ... (hastig) Sei mal still ... kommt da nicht jemand? (Schritte nähern sich)

Labin: Da scheint tatsächlich jemand zu kommen ...

Michel: Ein Mann ...

Labin: Hoffentlich kriegt er keine Angst und läuft weg ...

Michel: Sieht nicht so aus ...
(Schritte kommen näher)

Leger: Guten Abend ...

Beide: Guten Abend, Monsieur ...

Leger: Kann ich Ihnen helfen ...

Labin: Danke, danke, aber das wird kaum möglich sein.

Wir liegen nämlich nicht nur im Straßengraben – uns ist auch das Benzin ausgegangen.

Michel: Sagen Sie, Monsieur, ob man hier in der Nähe Benzin und einen Abschleppwagen bekommen kann?

Leger: Heute nacht finden Sie nichts. Und morgen früh höchstens einen Traktor, der sie herauszieht.

Labin: Na schön. Dann sagen Sie uns bitte, ob es hier in der Umgebung ein Hotel oder einen Gasthof gibt.

Leger: Nein. Aber wenn es Ihnen nichts ausmacht, würde ich Sie bitten, heute nacht meine Gäste zu sein.

Labin: Das ist sehr freundlich, Monsieur, aber das können wir Ihnen nicht zumuten.

Leger: Doch, Sie können es. Meine Frau wird sich über den Besuch freuen.

Michel: (ungläubig) Mitten in der Nacht?

Leger: (lächelnd) Mitten in der Nacht. Übrigens, mein Name ist Marcel Leger.

Labin: Wir freuen uns, Monsieur Leger. Das ist Michel Poire und ich heiße André Labin ... Dann wollen wir dem Zufall danken, daß er Sie uns über den Weg geschickt hat.

Leger: (geheimnisvoll) Zufall? Vielleicht heißt der Zufall Jacques ... man kann nie wissen ... Kommen Sie, es sind nur zwei Kilometer ...

Labin: (nach einer Weile Gehen) Monsieur Leger, was meinten Sie, als Sie eben sagten, der Zufall heiße Jacques?

Leger: Ja, Jacques, der Dieb ... Kennen Sie die Legende nicht? Ich will Sie Ihnen gern erzählen, wenn wir zu Hause sind. Hinterher werden Sie verstehen, was Jacques mit dem Zufall zu tun hat ...

André Labin und Michel Poire sahen sich vielsagend an. Etwas sehr Merkwürdiges war passiert. Rund 150 Kilometer vor dem Ort, an dem sie glaubten, von Legenden zu hören, wurden sie selbst in eine verwickelt.

Als sie nach einer knappen halben Stunde Fußmarsch in

Marcel Legers Haus kamen, waren sie so gespannt auf seine Geschichte, daß sie nicht einmal daran dachten, daß es bereits auf 2 Uhr zuging ... Madame Leger hatte ihnen einen Grog serviert. Und während sie an der glühendheißen Flüssigkeit nippten, begann Marcel Leger mit seiner Geschichte ...

Jacques Isell war damals zehn Jahre alt. Er lebte in Paris, hatte weder Vater noch Mutter, und niemand wußte, woher er gekommen war. Er war sozusagen aus dem Nichts aufgetaucht. Jacques konnte weder lesen noch schreiben. Er besuchte keine Schule und tat den lieben langen Tag nur eines: er stahl. Er stahl alles, was ihm zwischen die Finger kam: Taschen, Geld, Eßwaren, Wein, Kleidungsstücke und vieles andere. Er brachte es sogar fertig, einem Kind das Butterbrot aus der Hand zu nehmen, um es selbst zu essen. Es kamen Tage, da wurde ihm der Boden in der Innenstadt zu heiß unter den Füßen, und er verlegte sein Betätigungsfeld an den Rand der Stadt. Dabei geschah es auch eines Tages, daß er während des Pferdemarktes von einem Gendarmen ausgerechnet in dem Augenblick erwischt wurde, als er einem Pferdehändler die Geldbörse aus der Tasche zog ...

Polizist: (erbost) Habe ich dich erwischt, mein Bürschchen ...
Jacques: (dreist) Was wollen Sie von mir. Ich habe nichts getan.
Polizist: So, du hast nichts getan, he? Und was hast du dir da eben unters Hemd geschoben?
Jacques: Das? Das ist die Brieftasche von meinem Onkel. Loslassen ...
Händler: Nanu, Wachtmeister, was haben Sie denn da in der Hand ... Das ist ja meine Geldkatze ...
Polizist: Dieser Bengel hier hat sie Ihnen aus der Tasche gezogen, Monsieur ... Sind Sie sein Onkel?

Händler: (spuckt wütend aus) Zum Teufel, sehe ich aus, als ob ich mit so einem Dreckfinken verwandt wäre?
Polizist: Danke, das genügt ... Los, Bengel, komm mit zur Wache. Sei froh, daß man den Dieben nicht mehr die Hände abhackt, sondern sie nur ins Gefängnis steckt ...
Jacques: (leichtsinnig) Das macht mir gar nichts aus ...

Auf der Wache machte der Polizeihauptmann mit Jacques nicht viel Federlesens. Mit dem nächsten Schub kam er ins Gefängnis. Es war eine große Zelle und außer Jacques gab es dort noch Strauchdiebe, Wegelagerer und andere heruntergekommene Menschen. Jacques sperrte Augen und Ohren auf, denn er bekam viele interessante Dinge zu hören. Man sprach von Überfällen und Einbrüchen, von Diebstählen und Erpressungen. Und Jacques glaubte jedes Wort. Er merkte nicht, daß die meisten nur prahlten und sich für große Halunken ausgaben, in Wirklichkeit aber nur kleine Ganoven waren.
Als die Nacht kam, legte sich Jacques in eine Ecke, um zu schlafen. Doch da spitzte er die Ohren ... Zwei Männer in seiner Nähe hatten begonnen, geheimnisvoll miteinander zu tuscheln ... Vorsichtig schob sich Jacques näher heran ...

Stimme 1: (flüsternd) : ... und ich sage dir, daß es stimmt. Pierre hat mir noch nie einen Bären aufgebunden ...
Stimme 2: Und du glaubst wirklich, daß dieser Bauer sein ganzes Geld in einer Vase aufbewahrt?
Stimme 1: Wenn es Pierre sagt, glaube ich es. Die Vase steht auf dem Kleiderschrank in seiner Schlafstube.
Stimme 2: Hehehe ... kaum zu glauben. Wie heißt denn dieser Esel von einem Bauern?
Stimme 1: Pierre sagt, er heißt Agrelles, Viktor Agrelles ...
Stimme 2: Ist es weit von hier?

Stimme 1: Hm, zwei gute Tagesmärsche ... Das Dorf heißt Bressuire ...

Jacques hatte jedes Wort verstanden. Und immer wieder flüsterte er die Namen vor sich hin, um sie ja nicht zu vergessen: Bauer Agrelles in Bressuire. Nach einigen Tagen wurde Jacques entlassen, weil man den Platz für die schwereren Fälle dringend benötigte ...
Drei Tage später langte er in Bressuire an ... und bald hatte er das Haus des Bauern Agrelles erfragt ... Mit einem Stein klopfte er an die Tür ...

(Klopfen, Hundegebell, Geräusch der sich öffnenden Tür)
Bauer: Was gibt's?
Jacques: (tut erschöpft) Tag, Bauer, ich bin ein armer Junge und würde mir gern ein paar Sou bei euch verdienen. Habt ihr keine Arbeit für mich?
Bauer: Ich bin selbst ein armer Mann ...
Jacques: (wehleidig) Ich bin zwei Wochen gelaufen ... ich bin sehr hungrig ...
Bauer: Na, dann komm herein. Zu essen will ich dir gern geben. Es ist zwar eine einfache Mahlzeit, aber wenn du hungrig bist, wird sie dir schon schmecken.
Jacques: Danke ... vielen Dank, Bauer ...

Jacques stürzte sich auf die Milchsuppe, die ihm der Bauer hinstellte. Es dunkelte bereits, als er den Teller von sich schob. Fast gleichzeitig verkündeten tiefe Atemzüge, daß er eingeschlafen war. Was der Bauer allerdings nicht wußte, war, daß Jacques sich nur schlafend stellte.
Vorsichtig packte der alte Mann den Jungen und bettete ihn auf die Ofenbank, schob ihm ein Kissen unter den Kopf und deckte ihn behutsam mit einer Decke zu. Und dann legte sich auch der Bauer schlafen. Bald darauf konnte man sein lautes Schnarchen durch die Tür hören ... Das war der

Augenblick, auf den Jacques gewartet hatte. Geräuschlos schob er sich von der Ofenbank herunter, zog die Schuhe von den Füßen und schlich zur Tür des Schlafraumes ... Vorsichtig drückte er die Klinke herunter ... Zentimeter um Zentimeter tastete er sich auf den Kleiderschrank zu ... Suchend fuhren seine heißen Hände über den Rand ... dann hatten seine Finger die Vase entdeckt ...
Der Bauer bemerkte von alledem nichts. Leise zog Jacques die Tür wieder hinter sich zu ... Dann sprang er zum Tisch, entzündete die Petroleumlampe und schüttete den Inhalt der Vase auf die Platte ... Es war eine Menge Geld, das vor ihm lag. Hastig begann Jacques Geldscheine und Münzen in seinen Hosentaschen zu verstauen. Nicht eine einzige kurze Sekunde lang meldete sich sein Gewissen ... Jacques verließ das Bauernhaus und stürmte in die Nacht hinaus. Stunde um Stunde marschierte er kräftig drauflos, bis er, völlig erschöpft, vor sich einen großen Strohhaufen entdeckte. Sofort beschloß er, die angebrochene Nacht in diesem Strohhaufen zu Ende zu schlafen. Müde wühlte er sich hinein ... Und da ... er hatte sich gerade noch einen Armvoll Stroh unter den Kopf geschoben ... da hörte er plötzlich eine unheimlich hallende Stimme ...

Stimme: Jacques! Jacques, du bist ein schlechter Mensch, aber du sollst die Möglichkeit haben, dich zu bessern. Geh' zu dem Bauern zurück und gib ihm sein Geld wieder. Er hat seit vielen Jahren gespart, um seine Tochter, die in einem fremden Land wohnt, noch einmal zu sehen. Geh' hin, Jacques, und gib ihm das Geld zurück und arbeite als Buße für dein Unrecht vier Wochen für ihn ...

Jacques: (mit belegter Stimme) Ich bin doch nicht dumm ... Nie gebe ich das Geld zurück, nie!!

Stimme: Du hast einen Tag Zeit, um es dir zu überlegen. Tust du es nicht, so werde ich dir zehn Jahre deines Lebens nehmen. Es würde eine harte Lehre sein ...

Jacques: (versucht höhnisch zu lachen)

Jacques starrte noch eine Weile in die Dunkelheit, dann drehte er sich zur Seite, fühlte noch einmal nach dem Geld und schlief ein.

Am anderen Morgen machte er sich weiter auf den Weg nach Paris. Er hatte großes Glück; denn er war noch nicht lange gegangen, als eine schnelle Kalesche daherkam. Der Kutscher hielt an und ließ Jacques neben sich auf den Bock klettern. Dann ging es ab wie die wilde Jagd. Schon am späten Nachmittag erreichten sie Paris. Jacques suchte als erstes den Fischhändler Pollon auf, wo er einen Spickaal erstand. Dann kaufte er sich einen neuen Anzug, ein Paar neue Stiefel und eine Laute.

Als der Mond aufging, war bereits über die Hälfte des gestohlenen Geldes ausgegeben.

Unweit der Pferderennbahn brach Jacques, der Dieb, in ein leerstehendes Gartenhaus ein, um darin die Nacht zu verbringen. Für den kommenden Tag hatte er sich einiges vorgenommen, was man sich nur vornehmen kann, wenn man Geld hat.

Doch als Jacques am anderen Morgen erwachte, spürte er sogleich, daß mit ihm eine seltsame Verwandlung vor sich gegangen war ... War das wirklich seine Hand? Sie war viel größer, viel derber ... überhaupt, er selbst war plötzlich doppelt so groß wie gestern ... oder? ... Jacques betrachtete sich voller Entsetzen in einer Scheibe ... Das war nicht der zehnjährige Jacques Isell, der ihm daraus entgegensah ... das war ein zwanzigjähriger Jacques Isell ... Er erinnerte sich an die geheimnisvolle Stimme, die er als bösen Traum abtun wollte ...

Jacques begann zu toben, zu schreien, er demolierte die Einrichtung des Gartenhauses ... aber es half alles nichts. Aus dem Zehnjährigen war ein Zwanzigjähriger geworden. Und dieser zwanzigjährige Jacques Isell haderte mit seinem Schicksal.

Zwei Tage lang versteckte er sich im Wald. Aber dann hatte er sich wieder beruhigt. Gewillt, sein Handwerk wieder aufzunehmen, eilte er in die Stadt zurück.

Wieder stahl er, wieder betrog er und wieder häufte er eine schlechte Tat auf die andere. Aber am Abend, wenn er sich irgendwohin verkrochen hatte, wartete er. Wartete, ob sich die Stimme wieder melden würde. Die Furcht peinigte ihn. Aber Abend für Abend verstrich, ohne daß sich die Stimme hören ließ. Und je mehr Zeit verging, desto dreister und frecher wurden seine Gaunereien.

Dann kam der Tag nach Himmelfahrt.

Jacques saß vor einem kleinen Bistro, trank Wein und wartete auf seinen Spießgesellen Honoré . . .

Jacques: He, Garçon, noch einen vom Roten . . . ich bin heute in Stimmung. Und wenn ich in Stimmung bin, habe ich Durst.

Honoré: (näherkommend) Hallo, Jacques . . .

Jacques: Na endlich, Honoré. Wo steckst du denn die ganze Zeit? Ich warte schon seit einer geschlagenen Stunde auf dich.

Honoré: Dafür bringe ich auch 'ne Neuigkeit, Jacques . . .

Jacques: Wird wieder kaum der Rede wert sein, deine Neuigkeit.

Honoré: Ich hab was ausgeknobelt . . . du wirst Augen machen!

Jacques: Nun spann' mich nicht so auf die Folter, erzähle schon!

Honoré: (senkt Stimme) Kennst du René Bold?

Jacques: (enttäuscht) Meinst du den Alten, der am Denkmal Debusse Blumen verkauft . . .

Honoré: Und Wurzeln . . . Ja, den meine ich.

Jacques: Was ist mit ihm? Soviel ich weiß, ist er ärmer als der ärmste Landstreicher.

Honoré: Er hat aber trotzdem was, das ihn für uns reich macht. Eine handtellergroße, echt goldene Münze.

Jacques: (neugierig) Und wo hat er die?

Honoré: Unter seinem Hemd.

Jacques: Hm . . . und wie willst du da rankommen?

Honoré: Ich habe einen genauen Plan gemacht. Der Alte holt jeden Morgen um fünf seine Blumen und das Wurzelzeug in der Rue Mentone. Auf dem Weg zu seinem Stand am Denkmal muß er durch die alte Wäschergasse ... da ist um diese Zeit kein Mensch, und wir könnten ihn überfallen und ihm die Münze wegnehmen ... das geht ziemlich einfach, oder was meinst du, Jacques?

Jacques: (kurz) Wann treffen wir uns?

Honoré: Halb fünf in der alten Wäschergasse!

Jacques: Abgemacht – halb fünf!

Den Rest des Tages schlenderte Jacques durch die Straßen. Er sah sich noch einmal den Ort genau an, an dem am kommenden Morgen der alte Blumenhändler überfallen werden sollte. Da er früh wach sein mußte, wollte er rechtzeitig schlafen gehen. So suchte Jacques auch bald sein Nachtlager auf, das er in einem zur Zeit unbewohnten Haus hatte ...

Er rollte sich gerade in eine Decke ein, als ihn plötzlich ein unheimliches Gefühl beschlich ... Er richtete sich auf, während ihm eiskalte Schauer über den Rücken liefen ... und dann hörte er sie wieder, die unheimliche Stimme ...

Stimme: Höre, Jacques ... wenn du den alten Mann überfällst, dann nehme ich dir weitere zwanzig Jahre deines Lebens ... Und das werde ich tun, so oft du ein Unrecht begehst ... Mehr habe ich dir nicht zu sagen ...

Das Entsetzen hielt Jacques, den Dieb, gepackt. Zwanzig Jahre ... zwanzig Jahre ... zwanzig Jahre ... So hämmerte es in seinem Kopf ... Zusammen ergäben das dreißig nutzlos vertane Jahre ...

Noch in dieser Nacht floh Jacques. Floh vor sich selbst und vor seinem Freund Honoré, der ihn doch nur ausgelacht hätte.

Er ging an das andere Ende der Stadt und tat nichts. Vier Tage ging es gut. Aber dann war der letzte Sou ausgegeben. Wollte Jacques nicht verhungern, mußte er arbeiten.

Er tat es zum ersten Mal in seinem Leben, und er tat es äußerst widerwillig. Aber die Furcht saß ihm im Nacken. Und da ihn der Hunger ständig begleitete, mußte er mehr arbeiten, als ihm lieb war.

In den nächsten Wochen und Monaten fegte er Straßen, rollte Fässer, stellte Zäune auf und striegelte Pferde. Und als ein Jahr vergangen war, hatte er sich schon fast ans Arbeiten gewöhnt.

Als er einmal ohne Arbeit war, begegnete er einem Trupp Heckenschneider. Das waren Männer, die gegen Bezahlung die Hecken fremder Leute schnitten.

Jacques ging zum Vorschneider und fragte, ob man ihn brauchen könne.

Es war dem Vorschneider recht, und so lernte Jacques, wie man Hecken aus Buchsbaum und wilden Rosenbüschen beschnitt. Es ging von Stadtviertel zu Stadtviertel. Und waren die alle durchgekämmt, oder besser – geschnitten, dann verließ man die Stadt und zog in eine andere.

Eines Nachmittags nun sah Jacques, wie der Vorschneider einen Zettel aus seiner Brieftasche nahm. Aber er sah nicht nur den Zettel, er sah auch, daß die Brieftasche zum Bersten voll mit Banknoten gefüllt war. Jacques konnte diesen Anblick nicht vergessen. So sehr er auch sich bemühte, immer wieder zog es ihn wie magnetisch in die Nähe des Vorschneiders . . .

Vorschneider: Was ist los, Jacques, was kriechst du ständig um mich herum?

Jacques: Ich wollte fragen, ob ich dir helfen soll. Ich habe meinen Teil schon geschnitten.

Vorschneider: Dann hilf deinem Nachbarn. Ich werde mit meiner Seite schon allein fertig . . .

Jacques: Ja . . .

Vorschneider: Was ist . . . auf was wartest du noch?
Jacques: (heiser) Nichts . . . nichts . . . ich gehe schon . . .

Jacques vergaß die Warnung der Stimme. Er vergaß Angst und Qual. In der folgenden Nacht stahl er die Brieftasche des Vorschneiders . . .
Er rannte in die Dunkelheit hinaus, und obwohl die Tasche in seinen Händen wie Feuer brannte, drückte er sie fest an seine Brust. So viel Geld hatte er noch nie in seinem Leben besessen.
Plötzlich stürzte er.
Er fiel, fiel immer tiefer. Fiel in einen Abgrund. Der Sturz wollte gar kein Ende nehmen. Dann war mit einem Male eine unheimliche Stille um ihn. Und mitten in diese Stille hinein hörte er die geheimnisvolle und doch schon vertraute Stimme . . .

Stimme: Es ist Nacht, Jacques, und du bist in einer fremden Stadt. In einer Stadt, in der du noch nie zuvor gewesen bist.
Jacques, ich habe dir weitere zwanzig Jahre deines Lebens genommen, du wirst es bei Tagesanbruch sehen . . . Du bist jetzt schon ein gereifter Mann. Es liegt in deiner Hand, noch viele Jahre zu leben. Aber nachdem du schon zweimal versagt hast, wird die neue Prüfung die schwerste sein. Du sollst etwas tun, was du bisher noch nie getan hast: Du sollst geben.
In deinen Taschen wirst du immer Geld finden. Viel Geld, wenig Geld. Doch du darfst nie etwas davon für dich verbrauchen, sondern mußt Gutes tun. Lindere Schmerzen damit, hilf in Not, Armut und Krankheit. Säe Glück und Zufriedenheit . . . Das Geld ist nicht für dich, hast du mich verstanden?
Jacques: Und wenn ich hungrig bin?
Stimme: Dann geh in den Wald und suche Beeren und

Wurzeln. Sei klug, tue Gutes und du wirst nicht verhungern. Wenn du aber auch nur den kleinsten Betrag für dich verwendest, so werde ich dir weitere dreißig Jahre deines Lebens nehmen ...

Das waren die letzten Worte, die Jacques von der Stimme hörte. Als er sich am nächsten Morgen in seinem Zimmer, das ihm fremd war, im Spiegel betrachtete, sah er einen Mann mit angegrauten Schläfen vor sich. Und als er auf die Straße trat, fand er bestätigt, was ihm die Stimme gesagt hatte: er war in einer fremden Stadt. Jacques ging langsam durch die Straßen, über Plätze und durch Anlagen. Er sah viele Menschen, Arme und Reiche. Manche grüßten ihn, andere warfen ihm feindselige Blicke zu oder beachteten ihn überhaupt nicht.
Als er um eine Hausecke bog, stieß er mit einem Bettler zusammen ...

Bettler: Bitte, eine milde Gabe, Monsieur ...
Jacques: Warum bettelst du? Geht es dir schlecht?
Bettler: Früher besaß ich Pferd und Wagen. Ich habe Menschen und Ware befördert. Aber das Pferd ist krank geworden und eingegangen. Und ich habe kein Geld, um mir ein anderes zu kaufen. Es ist schlimm, Monsieur, zu Hause warten viele hungrige Mäuler, die gestopft werden wollen ...
Jacques: (klimpert mit Geld) Sieh her – bekommst du dafür ein neues Pferd?
Bettler: (mißtrauisch) Ja, natürlich ... warum fragen Sie?
Jacques: Dann nimm es. Kauf dir ein neues Pferd ... (geht davon)
Bettler: Nein, das kann doch nicht Ihr Ernst sein, Monsieur, so viel Geld können Sie mir doch nicht schenken, Monsieur ... Monsieur ... (ruft hinterher) Vielen, vielen Dank ...

Für Jacques begann eine seltsame Zeit. Er besaß Geld und besaß doch keines. Oft spielten seine Finger mit Münzen und Banknoten. Und manches Mal kam er in Versuchung, etwas davon für sich auszugeben.
Aber immer, wenn er das Geld in seinen Taschen fühlte, geschah etwas, das ihn zur Hilfe aufrief. Und ganz langsam bemerkte er die Wandlung, die mit ihm vor sich ging. Ganz plötzlich war der Wille zum Helfen für ihn Bedürfnis geworden, und es machte ihn glücklich und froh. Es war schön, wenn ihn die Leute dankbar und achtungsvoll grüßten. Auch wenn niemand wußte, daß er sich seine Nahrung zusammensuchen mußte. Aber einmal schien ihn dabei jemand beobachtet zu haben, denn immer öfter fand er jetzt vor seiner Tür einen Korb mit Lebensmitteln . . .

Die Jahre vergingen. Eine neue Zeit brach an. Eine Zeit, in der man sich die Stadt ohne Jacques nicht vorstellen konnte. Er war zum Wohltäter geworden. Er war da, wenn man ihn brauchte, und er verschwand wieder, wenn seine Hilfe nicht mehr nötig war.
Als in der Stadt eine Seuche ausbrach, war er Tag und Nacht unterwegs, um zu helfen. Er versorgte die Kranken und die Kinder. Ja, die Kinder waren es, denen seine besondere Liebe galt. Vielleicht lag es daran, daß er selbst kaum eine richtige Kindheit gekannt hatte . . .
Und aus Jacques, dem Dieb, wurde der zufriedenste Mensch unter der Sonne. Und wenn irgendwo etwas geschah, das ein glücklicher Zufall zu sein schien, so sprach man nicht vom Zufall, sondern von Jacques, der Hilfe gesandt hatte . . .

Leger: Ja, meine Herren, das war die Geschichte von Jacques, dem Dieb.

Labin: (holt Luft) Ich muß Ihnen ein Kompliment machen, Monsieur Leger, kein berufsmäßiger Geschichtenerzähler hätte seine Sache besser machen können als Sie. Aber noch eine Frage: Was ist aus Jacques, dem Wohltäter, geworden?

Leger: Davon weiß die Legende leider nichts zu berichten. Vielleicht liegt es auch daran, daß er noch heute so lebendig unter den Menschen ist.

Michel: Schade, daß es nichts zum Fotografieren dazu gibt, sonst hätten wir die schönste Legende für das ‚Journal Paris', die ich mir denken könnte ...

Leger: (lächelnd) Da kann ich Ihnen helfen. In der Stadt gibt es ein Denkmal von Jacques, dem Dieb. Außerdem kann Ihnen jedes Kind das Haus zeigen, in dem er gelebt hat ...

Michel: Dann muß aber das Haus sehr alt sein ...

Leger: O ja ... die Stadtväter haben vor fünfzehn Jahren sogar einmal tief in den Beutel greifen müssen, damit das Haus vor dem Zusammenfallen bewahrt werden konnte ... Rechts neben der Kirche in einem kleinen Hain können Sie einen Findling sehen. Auf dem soll Jacques gesessen haben, wenn er den Kindern beim Spiel zuschaute ... Ja, und wenn es Ihnen recht ist, zeigt Ihnen meine Frau jetzt ihr Zimmer ...

Sie machten am anderen Tag die Aufnahmen. Sie fotografierten auch Menschen in dieser merkwürdigen Stadt, und irgendwie kamen ihnen diese Menschen glücklich und zufrieden vor ... Vielleicht war es auch nur Einbildung ... Aber nirgendwo fanden sie ein mürrisches Gesicht. Und alle Leute waren sehr hilfsbereit ... Für André Labin und Michel Poire war es fast wie ein Besuch in einer guten, aber fremden Welt ...

Spannende Bücher von Wolfgang Ecke in den Ravensburger Taschenbüchern